大
方
sight

高雅的恐怖分子和其他故事

O TERRORISTA ELEGANTE
E OUTRAS HISTÓRIAS

MIA COUTO
&
JOSÉ EDUARDO AGUALUSA

［莫桑比克］米亚·科托
［安哥拉］若泽·爱德华多·阿瓜卢萨 — 著

朱豫歌 — 译

中信出版集团｜北京

图书在版编目（CIP）数据

高雅的恐怖分子和其他故事 /（莫桑）米亚·科托，（安哥拉）阿瓜卢萨著；朱豫歌译 . -- 北京：中信出版社，2023.10
 ISBN 978-7-5217-5891-7

Ⅰ.①高… Ⅱ.①米… ②阿… ③朱… Ⅲ.①短篇小说－小说集－莫桑比克－现代②短篇小说－小说集－安哥拉－现代 Ⅳ.① I471.45 ② I474.45

中国国家版本馆 CIP 数据核字 (2023) 第 133534 号

Copyright © 2019 by José Eduardo Agualusa and Mia Couto
By arrangement with Literarische Agentur Mertin Inh. Nicole Witt e. K., Frankfurt am Main, Germany
Simplified Chinese translation copyright © 2023 by CITIC Press Corporation
ALL RIGHTS RESERVED
本书仅限中国大陆地区发行销售

高雅的恐怖分子和其他故事
著者： ［莫桑比克］米亚·科托 ［安哥拉］若泽·爱德华多·阿瓜卢萨
译者： 朱豫歌
出版发行：中信出版集团股份有限公司
（北京市朝阳区东三环北路 27 号嘉铭中心 邮编 100020）
承印者： 河北鹏润印刷有限公司

开本：880mm×1230mm 1/32 印张：5.25 字数：100 千字
版次：2023 年 10 月第 1 版 印次：2023 年 10 月第 1 次印刷
京权图字：01-2023-3907 书号：ISBN 978-7-5217-5891-7
定价：48.00 元

版权所有·侵权必究
如有印刷、装订问题，本公司负责调换。
服务热线：400-600-8099
投稿邮箱：author@citicpub.com

目录

高雅的恐怖分子 /1

杀手街上降下爱情之雨 /51

黑匣子 /93

世界的玩笑 /125

高雅的恐怖分子

司法警察[1]局里，少有人知道拉兰热拉专员的洗礼名。拉腊知道：洛伦索。

"你的问题，"拉腊有一次对他说，"在于你完全变成拉兰热拉专员了。你真该试着再当一次洛伦索。"

那时候，这位拉兰热拉专员尚且能在一些时候成为洛伦索——至少与她在一起时可以。随后，他丢失了这样的习惯。他五十岁了，留着花白的络腮胡，与全然乌黑的头发形成对比。他的敌人们（他那时有很多敌人）拐弯抹角地说他染了头发。专员搅乱书桌上的纸张。一片混乱。他的人生就是一片混乱。拉腊站在那里，毫不掩饰自己的不耐烦。

"快点。他们都等着我去办公呢。要是我待得太久，他们会觉得是你把我绑架了……"

"我不会在乎……"

一台老旧的电视机正在播新闻，在墙上，他们上面一点的地方。一个肤色白皙的金发女播音员评论着同时发生的六起罪案的余波，在伦敦、巴黎、阿姆斯特丹、布鲁塞尔、罗

---

[1] 葡萄牙警察部队，隶属于司法部，具有犯罪预防和侦查的职能。（本书脚注均为译者注。）

马和马德里,针对美国大使馆和领事馆,以及与该国有关的企业,并证实有六十人死亡,其中大部分是美国的外交官。国家与国际安全部队都处于最高级别的戒备状态。这时出现了拉兰热拉专员的画面,他坐在金发女播音员面前,姿态笔直。

"在那位女士旁边,你显得太黑了。"拉腊说,"太黑了,也太英俊了,我必须坦言。"

"而且太聪明了……"专员补充道。

"我们邀请到了来自司法警察局的拉兰热拉专员。"记者介绍道,"我们都知道,那几起罪案发生在欧洲的同一时间,有一个男人在里斯本机场的停机坪被捕,他当时正要登上一架美国联合航空公司的飞机,那是美国第二重要的航空公司。您能证实此次逮捕行动吗?"

"我能证实。有一个来自安哥拉的恐怖分子被捕了,他曾在叙利亚与'伊斯兰国'[1]共同作战。我们正在拆除这个人建立的所有网络。情况在控制之内,我们很快就会公布此次调查结果。"

"真是个弥天大谎。"拉腊在办公室里讽刺道,"我永远学不会像你们一样撒谎。"

---

[1] "伊斯兰国"是主要活跃于中东地区的极端组织,受国际社会谴责。

"您能证实关于美国特工在里斯本与司法警察局及移民局合作的消息吗?"记者继续问。

"我们正在与许多国家的当局展开合作。"专员回答道,"但必须着重强调的是,葡萄牙拥有世界上最好的调查部门之一。葡萄牙人都可以保持镇定。"

"当然了,当然了,我们都很镇定……"
"可恶,拉腊!你能不能安静一下?"

"您能证实中情局有意将犯人引渡到美国吗?"
"我不能证实,也没有理由满足这一要求。"

专员站起来,关上了电视。拉腊拍手称赞:
"你表现得一点也不差,一点也不,先生。有些人在电视里就会变得比在真实生活中更好。"
"我本该戴另一条领带……"
"下次吧,听听我们那位犯人的建议。他懂得领带。"
电话铃声响了。专员在纸堆里寻找起来,最后找到了电话。
"是那个美国女人。中情局的家伙。"
"接电话吧……"
"接电话?我恨美国人。他们以为自己是世界的主人。至少这个女人会讲葡萄牙语。那个犯人是我们的!我们的,你听见了吗！我们不会交出他的。"

"你不是说好了要去机场接她吗？"

"该死！你说得对。我给忘了……"

专员接起电话：

"是的，麦琪，真的很抱歉……啊，您已经在酒店了？！我马上就去……"

他挂断电话，放进裤兜里，向拉腊转过身，面露不安：

"你看过她的照片吗？"

"没有。怎么了？"

"拉腊，那家伙是个黑人。黑人！和我们那位恐怖分子一样。"

拉腊愠怒地看向他：

"她是非洲裔美国人？！所以呢？"

"她要待在他身边。黑鬼都沆瀣一气。他们怎么能往我们这里派来一个黑女人？美国已经没有白人了吗？"

"我受不了了你这番种族主义发言。光是听你讲话，就让我不停感到反胃。把那些文件给我，拿上我就走。"

"说真的，我没找到。"

他又在一堆文件里寻找起来，有几张纸掉到了地板上。最后，他从一个信封里拿出一张名片，递给了拉腊。

"我没找到你的文件。但看看这个，你看过这个吗？它在那个该死的蠢猪的背包里……"

拉腊饶有兴趣地端详起那张卡片：

"是一张名片。太神奇了！"她大声读了出来，"查尔斯·波亚铁尔·本蒂尼奥，浪漫派诗人和灵魂大师。"

"神奇？！这家伙知道的挺多。灵魂大师？伪装大师，这才对……"

"你想说什么？这只是一张名片。我喜欢这个花边……"

"四种颜色！你想过这东西要花多少钱吗？还有那个混蛋穿着打扮的方式。净是名牌衣服。"

"他非常高雅……"

"我想知道这个混蛋从哪儿搞来的钱，穿得那么好。"

* * *

查尔斯·波亚铁尔·本蒂尼奥独自待在他那间牢房里。他坐在地板上，看向其中一面墙，上面画着一只鸟的图案。他的手指划过图画的轮廓，小心翼翼地爱抚着，仿佛在为一只活着的鸟儿梳理羽毛。

"你在这里待了多久了，朋友？现在我来了。他们把我抓住了，在我准备好，差不多就要飞翔的时候。说到底，我做了什么？我只是遵从了你们的指示。从始至终，我都是这么做的。我离开了罗安达，是遵从你们的指示。我去了巴黎，是遵从你们的指示。我去了叙利亚，是遵从你们的指示。"他闭上嘴，全神贯注地看着墙壁。"没错，我同意，我在叙利亚搞砸了事情。"他又沉默了很长一段时间。

"那个来见过我的女警察,我喜欢她。漂亮的双腿,最美的屁股。而且我觉得她也喜欢我。"

* * *

专员的手指在铺满他书桌的纸张间穿梭。他拿起一份文件,很快又放下了。他又拿起另一份,假装很感兴趣。本蒂尼奥在他面前微笑。他被关在牢房里,却仿佛正坐在一张王座上。黑色的绸缎衬衫上点缀着星星,闪闪发亮,像是一片真正的夜色。狭长的深蓝色领带上,翱翔着银白色的小型飞机。在衬衫外面,他穿了一件轻便的西服外套,就像那件衬衫一样漆黑。他的头上戴着一顶博勒帽,这种帽子放在他身上,要说滑稽,倒不如说显得必不可少。麦琪坐在另一张书桌前,而拉腊始终站在囚犯的身后。

"我先开始?"麦琪问道。

专员挺直腰杆,放下了那堆纸。

"不,尊敬的女士。我先开始。"

本蒂尼奥露出了灿烂的微笑。在他的胸前,夜色似乎也在微笑。

"如果你们想,我们就开始吧。"

"您以为自己很幽默?"麦琪叫道,"告诉我您的真名!"

"查尔斯·波亚铁尔·本蒂尼奥,亲爱的女士。我们所有的这些名字全都千真万确。"

拉兰热拉专员往桌上俯了俯身,一双宽大的手掌在纸张间向前推去。

"看这里,噢,游击队员[1],我认识你们所有人。我曾在你的地盘上待过。"

"在安哥拉?!"本蒂尼奥的声音热切却又平静,"拉兰热拉长官,您能给我一小杯咖啡吗?"

"你不要别的了吗?不要了吗?没错,我对你们了如指掌,罗安达的这群黑人,执意坚信着他们比其他所有人都更加高贵。即使是在殖民时期,他们也觉得自己比白人更优秀。我认识安哥拉的时候,它的情况尚且不错。"

拉腊站了起来。

"情况不错,拉兰热拉专员?!"

"对,情况不错。你应该了解一下那个时期的罗安达。或是其他城市:新里斯本[2]、卡莫纳[3]、萨拉查[4]……"

"继续!"麦琪命令道,"让我们直入正题。您,本蒂尼奥先生,您曾是军人,没错吧?"

---

1 指葡萄牙殖民战争时期参与非洲独立运动的武装人员。

2 今安哥拉万博市(Huambo),万博省的首府,位于该国中部,葡萄牙殖民时期旧称"新里斯本"。

3 今安哥拉威热市(Uíge),威热省的首府,位于该国西北部,葡萄牙殖民时期旧称"卡莫纳",以葡萄牙前总统马沙尔·卡莫纳·奥斯卡的名字命名。

4 今安哥拉恩达拉坦多(N'dalatando),位于该国西北部的城镇,北宽扎省的首府。葡萄牙殖民时期旧称"萨拉查镇",以当时的葡萄牙总理安东尼奥·德·奥利维拉·萨拉查的名字命名。

"的确如此。"

"是哪个兵种?"

"爆炸物。地雷和陷阱。"

"还不错,您很配合。那么,告诉我,您来自'伊斯兰国'吗?"

"我们,查尔斯·波亚铁尔·本蒂尼奥,我们来自威热,没错,我的女士,我们肩负荣光。"

"啊!您招了?!"

专员爆发出一阵骇人的大笑:

"威热!威热!他说他来自威热,一个安哥拉北部的城市!"

"威热,是的。"囚犯承认道,颇有教养地点了点头。

"您了解威热吗,拉兰热拉长官?"

拉腊摇了摇头,微笑道:

"这真是开了个好头。"

专员注视着拉腊的笑容。他也站起身来,大步在房间里走来走去。

"首先,你要告诉我们,你他妈究竟在机场干了什么。"

"我们要飞翔,拉兰热拉长官。"

"谁要?!"

"我们所有人,查尔斯·波亚铁尔·本蒂尼奥。"

拉兰热拉专员厚实的双手在囚犯那张脸面前晃来晃去。有那么一瞬间,他像是要打上去了。

"别说得好像你是一群人一样,蠢货!我在这把椅子上只看见一个家伙。唯一一个家伙。"

"那是您看得不够仔细,拉兰热拉长官……"

麦琪向前走去:

"你要飞翔?你翻越了护栏,在飞机跑道上被抓住了。"

"没错。"

"你要怎么飞?!"

"就那么飞。一点燃料,另外再来一点信念。"

"我们很清楚你要做什么。"专员大喊道,"你想到停在跑道上的那架飞机那里去。"

"不,先生。我不是冲着飞机去的。我不需要飞机来帮我飞翔。"

"为什么你的背包里装了五升的醋?"拉腊问道。

"醋是我的燃料。"

"用来做什么的?"

"当然是用来飞的!"

三个人沉默地面面相觑。这时,拉兰热拉专员猛地砸了一下桌子,把档案、书籍和文件都掀翻在地。

"婊子养的黑鬼!你在耍我们吗?"

麦琪颇为紧张地看向专员:

"您刚刚说什么?!"

"什么都没说,同事,忘了吧。我什么都没说。"

"我们都冷静点。"拉腊站到两名警察中间,随后转向犯人，对他微笑了一下，"解释清楚。有一件事你必须得明白。你背负的指控非常非常严重。你有与一个恐怖组织相关联的嫌疑。明白吗？"

麦琪挥了挥一本黑色的护照。

"我们这里有您的护照，本蒂尼奥先生。所有东西都在这儿。你曾在叙利亚逗留两个月。你去叙利亚做什么了？"

本蒂尼奥垂下眼帘。

"我们收到了指令。"

"啊，现在，这就对了。"专员欢呼起来，"现在我们开始相互理解了。你收到了谁的指令？"

本蒂尼奥指向了一扇窗户。

"他们的！"

麦琪从一份档案里取出一张照片，展示给犯人看。

"你是说这个女人吗？"

"你认识这个女人？！"专员惊叫道。

* * *

在他的牢房里，本蒂尼奥把耳朵贴在墙壁上，紧挨着那幅鸟儿的图案。

"我没听见。我什么也没听见。"

一片寂静。

"那个女人？！我认识那个女人吗？有谁能说自己认识

那个女人？我第一次看见她是在巴黎，当时我刚在圣罗兰的店里买了这件漂亮的衬衫，走出来的时候，便与那双眼睛不期而遇。那双眼睛简直令我疯狂。她的全身上下都在那双眼睛里。在那一天之前，当我看向一个女人，只会看见她的屁股，只会看见她的双腿，只会看见她的乳房。到了法伊扎身上就不一样了。我只会看见她的双眼，实际上，是因为我无法看见其他事物了。那是双眼和罩袍[1]。罩袍和双眼。"

又是一片寂静。

"她也向我看过来了。但她的目光并没有停留太久，不像平常会发生的那样。女人们很喜欢我。我超有范儿，上帝知道我多么有范儿！我充满骄傲。我是安哥拉人！我不需要那些卖给顾客的药物。这儿就有个效果很好的……米戈斯塔。我们也管它叫驯服的香水。我从没用过，我不需要。如今，与那个资产阶级化的女人在一起……唉，我有点沉醉其中了，你知道是怎么回事吗？她越是不理睬我，我越是兴奋。她走上大道，我跟在后面，直到她来到了清真寺。她走了进去。我之前一座清真寺也没见过。我离开了。第二天早上，我又回来了。我看见人们脱掉鞋子，进入寺里。我犹豫不决。所以说，我要脱掉这双路易威登的时髦鞋子，丢去同其他那些流浪汉的破鞋做伴吗？！等我回来了，谁知道它会

---

[1] 又音译作波卡，穆斯林女性的传统服饰，宽松的拖地外套，将妇女从肩膀到脚都包裹起来，在眼睛的位置通常有一个开口。

不会不见了。没有路易,也没有威登。我离开了。一天之后的晚上,我和几个朋友一起庆祝非洲日[1],看见一个女人坐在隔壁桌。我看见了一个女人!我想说的是,我看见了眼睛。而且是那双眼睛。是她!我还没来得及思考,她便站起身,朝我走来。接着,我们展开了一场关于上帝的对话,她问我是不是信徒。而我答道:'姑娘,我是个离经叛道的信徒。'法伊扎感到幻想破灭。我意识到:要想战胜那个女人,我就得皈依伊斯兰教。于是我皈依了。"

* * *

"回答我!"麦琪喊道,"你认识这个女人?!"

本蒂尼奥迟疑了一下:

"她是法伊扎。"

"法伊扎·阿尔·加尔布!"

"没错。"

"法伊扎·阿尔·加尔布,阿卜杜拉赫曼·阿尔·加尔布的妹妹,'伊斯兰国'的领导人。"

"没错。"

"你和她之间是什么关系?"专员问道。

本蒂尼奥朝这位特工转过身,面色震惊:

---

[1] 非洲民族独立与自由纪念日,为每年的5月25日。

"关系，拉兰热拉长官？！有很多种，但一直处于保护之下。"

"保护？什么样的保护？"

"避孕套，一直戴着避孕套。我是个认真的男人。"

麦琪败下阵来，倒在了一把椅子上。

"他在说什么？"

拉腊用双手遮住了笑容。笑起来的时候，她显得很年轻，而她自己也知道这一点。几年前，洛伦索提醒她："你笑的时候就会威严全无。一位充满威严的特工就不该笑。"然而，这笑容就像是水：如果我们挡上嘴巴，就会从眼睛里流出来。拉腊的笑容在房间里漂浮着，好像一道充满颠覆性的光线。年轻的特工看向拉兰热拉专员紧绷的脸，努力让自己恢复克制的神情。

"我想我知道他在说什么。"她说，"我不知道我们在说什么。"

"避孕套！"犯人强调道，做出往一条想象中的阴茎、一根巨大的木棒上戴避孕套的手势，"那些情侣不都是这么说的吗？"

专员大喊道：

"啊！你这混蛋，婊子养的黑鬼！"

麦琪的喊声压过了专员：

"种族主义，不行！我要对先生您提出投诉……"

"投诉？！向谁投诉？！我们在葡萄牙。我不为女士您工作。"

本蒂尼奥举起双手，动作平静又优雅。他是一位王子，他就是教宗本人。

"女士们先生们，亲爱的朋友们，请我们冷静下来！我们正在谈话。我们都是来自城市的文明人。"

"你们看见了吗？！"专员指向本蒂尼奥，"我了解这些混蛋，他们觉得自己是国王。这件事，你们都听我的。"

"没错！"犯人表示赞成。

"没错！没错！我受够你这些'没错'了！如果你再说一句'没错'，我发誓一定会杀了你！"专员站起身，一脚踹倒了椅子，发出一声轰响。他重新扶起椅子，感到呼吸困难。"你只许在我问你事的时候说话！明白了吗？你简直像是在走秀台上。你到底有多少条领带？"

"三十一条，拉兰热拉长官！一个月里一天一条。从不重复。大部分都是在巴黎买的。我父亲，恩戈拉·恩东戈，他总是对我说：'孩子，尊重从领带开始。'比如说专员先生，我只是举个例子，无意冒犯，您是一个英俊的男人，外貌出众，很适合我这套衣服。如果您想，我可以将您引荐给我的裁缝，阿尔梅达先生，他是里斯本最好的裁缝。在巴黎，我从最为著名的品牌那里购买了我的正装。在里斯本，我让阿尔梅达来做。"

"别和我闲聊。我想知道的是，你从哪儿弄来的钱打扮成这样。"

"奇迹的生意进行得很顺利。危机越多，魔鬼越多。比方说，在里斯本这儿，您拿着《晨邮报》[1]。巫医的广告越来越多。巫医已经比妓女还要多了。"

麦琪凶横地打断了他，展示出一张照片：

"让我们回到法伊扎。因为这个，你和她的哥哥阿卜杜拉赫曼也获得了某种关系？"

"不好意思，同事，但这是我家。是我在问问题。"专员插话道。

"那么因为这个，你和阿卜杜拉赫曼也有了某种关系？"

本蒂尼奥慌乱地看向那三个人，用双手盖住了脸。

"你们怎么发现的？嗯，那些人说了很多，说得太多了，说的都是废话。那是一场可怕的误会……"

"一场误会？！"拉腊说道。

"就是那里流行那种愚蠢的时尚，男人和女人全都穿着长裙。有个家伙变得混乱了，变得焦躁了，然后有一天，我饶有兴趣地看了一眼大舅哥的屁股。你们想要什么？男人不是铁打的。事情发生了。"

* * *

在他的牢房里，本蒂尼奥站在墙壁面前，与那只鸟说着话。

---

[1] 在里斯本发行的日报，是葡萄牙发行量最大的日报。

"我缺一个本子和一支笔,用来把我那些诗句写下来。那些诗歌就是我的药物。有那两名警察在,现在我甚至能轻而易举地散发一种魅力了。那个葡萄牙女人喜欢我,我已经看出来了。另外一个女人,那个黑白混血儿,她会喜欢我的。她会成为我的人质。"

一片寂静。本蒂尼奥靠近那只鸟。他的嗓音低沉下来:

"那位拉兰热拉专员,他让我想起我的一名患者。一个苦难者。一名曾经的战士。一个狂暴至极的男人。他来向我们问诊,查尔斯·波亚铁尔·本蒂尼奥,伟大的巫医恩戈拉·恩东戈的儿子,刚果王子尼古劳·恩东戈的孙子。那个男人,曾经的战士,他在工作上出了些问题。某天之前,所有人都对他言听计从。他甚至一个字都不用说。他指挥着部门上下,仅仅凭借眼神的威慑力,有点像猫头鹰。然后,一夜之间,一切都结束了:无论他喊得多大声,都没有人再听从他了。就连镜子也不听他的话,里面是一片阴影。我费了很大工夫才锁住所有的魔鬼,足有一个军团。那位拉兰热拉专员身上也有不少魔鬼,非常古老,不过我的力量还要更加古老。我在十二岁的时候发现了这份力量。一天晚上,我被托了一场梦。一只鸟对我说:'我们,这群鸟儿,将会是引导你的声音。你将与我们一同飞翔,但必须学会聆听。下个月你将会在墓地里入睡。再下个月,你将在睡梦中梦见许多处女。你将会这么做,直到她们在你的怀抱中醒来。我们会教你如何锁住魔鬼。小巧的嫉妒魔鬼。火光缭绕的野心魔鬼。冷酷的孱弱魔鬼。湿漉漉的色欲魔鬼。那些悲伤的魔鬼有着破碎的翅膀,就像天使一样和我们讲话。'"

本蒂尼奥沉默了一瞬间。他爱抚着那只鸟。

"我就这样成了灵魂大师,魔鬼和恶龙的驯服者。我开了一间诊所,在《安哥拉报》[1]上张贴了广告。我成了一名成功的传教士。我的患者快速增多,像是无云晴空上的星星:部长、将军、足球运动员、鼎鼎有名的歌手。有一天,我卧病在家,点了一份比萨。比萨到的时候,我得到了一个启示:为什么不向家中售卖奇迹呢?这就是我所做的,而我也做得很好。"

又停顿了一下。本蒂尼奥似乎在聆听着什么,耳朵贴着墙。他始终一动不动,摇晃着脑袋。

"我懂了。那就是我的任务吗?每个警察身上都有他们的魔鬼,所有人都被附身了,所有人都走在熊熊燃烧的碎石间。是的,我的鸟儿,我会锁住那些魔鬼。"

* * *

拉腊走进司法警察局的办公室。屋里空无一人。年轻的特工走向拉兰热拉专员的书桌,在纸张和物品间翻找起来。

---

[1] 一家在安哥拉首都罗安达出版发行的日报,是该国最古老、受众最广泛的报纸。

"看看这个,全都乱糟糟的。那个男人还是老样子……"

某样东西吸引了她的注意力。是一张照片。

"他还有这张照片?天哪!我那时真是个小姑娘,多么天真无邪。我怎么能相信这是真的?"

拉兰热拉专员这时走了进来,手上端着一杯咖啡。他惊讶地停下脚步,微笑道:

"你在翻别人的东西?"

拉腊把照片放到桌上,目光柔和地看着它。

"但这不就是我们在做的吗,专员?"

"有些东西最好不要翻动。"

"认真的?"

"最好不要唤醒过去。"

拉腊坐了下来。她感到有些悲伤。

"过去就是我的现在。我有没有对你说过,每天晚上我都会梦见那些事?"

"拉腊,拉腊,那是一场意外……"

洛伦索·拉兰热拉在她面前跪了下来,上前抱住她,但女人却退开了身体,双手举起。麦琪走了进来。

"我打断你们了?"

"没有,没有!"拉腊说,"您什么也没打断。我们工作吧。有一个男人被逮捕了,可能是不公正的。"

"他有一些责任。这个男人不无辜。他是恐怖分子的情人和朋友。他曾在叙利亚待过。他翻越护栏,跑到了停机坪上，身上带着一颗炸弹，装在一个袋子里……"

"一颗炸弹，麦琪？！"拉腊愤怒地看向美国女人，"那就是几瓶醋。"

"你知道醋可以用来做什么吗？"

"沙拉？"

"麦琪说得对。"专员说道，"你漏了几节化学课。"

"你闭嘴！去把本蒂尼奥带来！"

拉兰热拉专员不悦地离开了。麦琪好奇地端详了一下拉腊。

"你们之间发生了什么吗？"

"没有。"

"你们认识多久了？"

"太久了。您知道吗，我挺想成为本蒂尼奥那样的人，一个遏制不住的骗子，一个故事的发明家。谁知道我会不会为自己发明出另一个过去。"

"本蒂尼奥太会撒谎了，所有人都对他深信不疑。我今早从机构那里收到了针对那些曾在安哥拉向他问诊的人的调查结果。您不会相信的。清一色的称赞。为繁多的问题找到了治愈方法的人们。"

"那些人就想被骗。"

"你说得对，那些人就是花钱找骗。不过，告诉我，你不喜欢你过去的哪方面？"

"这件事让我想起了另一件事。我不太想谈这个。"

"对我而言，这就像是回到了非洲。我父亲是新教牧师。

我四岁的时候，我们去了莫桑比克，在那里生活到十五岁。之后，我们又去了苏丹，在那儿发生了一件可怕的事。一群全副武装的男人袭击了教团，用砍刀砍死了我父亲。我躲在一个柜子里，什么也没看见，但全都听见了。在那个房间里，就离我几米远，我母亲被强奸了。那些士兵离开了，而我还待在里面，柜门紧闭，一直到我母亲拉我出来。我再也无法直视她的双眼……"

"我不知道该说什么……"

"现在我倒是看出讽刺的意味来了：一个总是关心着自己出身的男人，总是梦想着探访非洲，去见自己的祖先，为他们带去上帝的话语，最后却被人用如此残忍的手段杀害。"

"是个可怕的故事。那您的母亲呢？"

"她回非洲了。我不明白。"

"我可以理解。有时候，我们需要重访遭遇过伤害的地方。而且，听您所说，您的父亲与非洲有着这种深厚的联系。您没有吗？"

"我不感兴趣。我是美国人，从没感到过那种对于身份的愁绪。我感觉到的是另一种空缺。一开始，我的父亲在梦里来见我。现在已经不会了。您无法想象我有多痛苦，生命中对我最重要的人消失了两次。"

"您想铭记，我只想遗忘。"

"那你想忘记什么，拉腊？"

"我想忘记某些人！"

"拉兰热拉专员？"

"我们一起工作。我的第一份工作就是在司法警察局。拉兰热拉是我的长官。我当时很年轻，只有二十岁。而洛伦索……拉兰热拉……他是个英俊的男人，精神饱满。我疯狂地爱上了他。"

"真奇怪。你们看起来天差地别。"

"你无法想象我有多爱他。但我相当崇拜他。在当时，他已然是司法警察中的传奇人物了。我不想看见众人眼中的那些东西。我觉得他的痛苦和他的种族主义来自安哥拉的战争创伤。我觉得，有我的帮助，他能够克服这些。"

"谁也改变不了谁。"

"我以为可以。有一天，我陪同他审讯一个年轻的黑人说唱歌手，他被指控与一个童党有关。我对那个年轻人印象很深，他是个高个子的男孩，长相英俊，带着他那个年纪特有的傲慢。他嘲笑我们。拉兰热拉失去了理智，扇了他一巴掌，一把推开他。那个男孩往后倒下，脑袋撞上了一处尖角。"

这时，拉兰热拉专员吹着口哨走了进来。他停下脚步，看向两个女人，察觉出了紧张的气氛。

"这儿发生了什么？"

"我去抽根烟。马上回来。"

"可以告诉我发生了什么吗，拉腊？"

"我也去抽根烟。"

"但你不抽烟!"

"我现在开始抽了。"

* * *

拉兰热拉专员坐在他的书桌前,假装正在阅读一份报告。他收起文件,打开另一个文件夹。本蒂尼奥坐在他面前,笑得朴实无邪。

"我们那两位女士呢?"

"她们去抽烟了。"

"我想拉腊特工不抽烟。"

"她现在开始抽了。"

拉腊和麦琪一起进了屋。

"我们开工吧。"麦琪命令道。

拉腊从她的文件夹里拿出一个记录本,展示给犯人看:

"你能告诉我们这是什么吗?"

"这是我的记录本。"

"《秘密和启示的记录本》。"

"没错。"

"你这本书里的几个段落让我们非常好奇。比如说,在第32页写着:'今天我得到了来自七大力量[1]的指示。'"

---

[1] 原文为英语。

"对，现在说出来，这是个什么组织，七大力量？"专员问道。

"我不认识。"

"你不认识？！"专员站了起来，"如果你不认识，怎么从他们那里得到指示？"

"审讯是拉腊开的头。"麦琪说，"我们就让她继续吧。"

"没错。"本蒂尼奥微笑道。

"我说过了，在这里是我说了算。"专员大喊道，"我们这是在司法警察局！"

麦琪耸了耸肩：

"请吧，拉腊，请继续。"

"你说你不认识这个组织。怎么可能？"拉腊问道。

"我确实不认识。我只是接受产品。"

"什么产品？"

"这种来自尼日利亚的粉末，用作清洗。"

"什么清洗？"

"苦难者的清洗。"

"苦难者？"

"苦难者。饱受魔鬼折磨的人们。那些人用这种粉末泡个澡，清洗七次，就得救了。"

"我们在浪费时间。"专员叹了口气，"这样不会有结果的。"

"你觉得呢？"

"给我那个记录本！"专员要求道。拉腊把记录本递给他。"第 10 页、第 12 页、第 24 页……都是这句话：'今天我收到了指示。'到底是谁给了你这些指示？是谁告诉你去这儿还是去那儿？"

本蒂尼奥张开双臂，仿佛在飞翔。

"是鸟儿！"

"你让我看见了一只好鸟！现在这是人类之间的谈话。"

"没错！"

"什么'没错'，该死！只许回答我的问题。那么回答我：醋是干什么用的？你带了五升到机场，而且在你投宿的旅馆，燕子旅馆，我们又找到了五十升。你要这么多醋干什么？"

"就像我先前解释过的，我要在夜间飞行。我需要很多燃料。"

麦琪站了起来。她擦了擦眼睛，看起来很是疲惫。

"拜托了，我需要和这位先生单独待一会儿。"

"单独和他？！"专员恼怒地看着她，"为什么？"

"因为我想！"

"我觉得不错。"本蒂尼奥说，"我也需要单独和她待一会儿。"

"跟我来，专员。"拉腊向专员伸出手，"我们俩去抽根烟。"

他们两人离开了。麦琪在专员的椅子上坐下，面对着本蒂尼奥：

"我就直说了，我们时间不多。您的话语冒犯了我！您冒犯了我们所有人，所有黑人！这就是像那个专员一样的种族主义者想听到的话。"

"专员先生没有错。是那些魔鬼在从他嘴里说话。"

"够了!够了!您知道我为什么不相信您吗?因为您根本不像个人,您就是一张讽刺画!"

"他们有没有对您说过,您生气的时候会变得很美?"

麦琪摇着头站起来,出去叫另外那两个人了。

* * *

拉腊、麦琪和拉兰热拉专员相互交谈。本蒂尼奥坐过的椅子始终空荡荡的,却好像他仍然坐在那里一样。

"事情不太顺利。"专员说着,转向了麦琪,"命令线上出了个错,那家伙察觉到了,正在耍我们。"

"根本不是这个问题。"拉腊争辩道,"我们要有开放精神,接受那个人无罪的可能性。我认为他无罪。我觉得就是个可怜的男人,意外卷入了超出他处理范围的阴谋。"

"我不知道,不知道。"麦琪咬着嘴唇,反对道,"谎言和疯话里有一些事实的碎片。比如,他说他和阿卜杜拉赫曼·阿尔·加尔布有性关系。"

拉兰热拉专员自在地笑了:

"因为误会,那家伙说的。因为误会。"

"是或不是因为误会。他的坦白与我今天收到的一份报告碰巧一致,根据报告,阿卜杜拉赫曼因为鸡奸被'伊斯兰国'处刑了。"

拉腊挑起眉毛：

"鸡奸犯会以特别形式处刑？"

"是的。他们把一堵墙推倒在受刑者身上，把他们砸得粉身碎骨。他就是这么死的。如果发生了这件事，那本蒂尼奥说的有可能是真的，他不得不躲藏起来，从叙利亚出逃，因为'伊斯兰国'在追杀他。"

"那个女人又怎么样了？"拉腊问道。

"我不知道。她消失了。"

"你们两个看过很多电影。他就是要让我们这么想，觉得他是个可怜的疯子，在错误的时间出现在了错误的地点……不好意思，我的电话……我有个电话……我得接一下。是部长。"

专员接起了电话。他站起身，轻轻点了一下头，调整了嗓音：

"早上好，部长先生，早上好……是的，是的，我看见新闻了，又有一个炸弹犯人。这个世界疯了，部长先生。所有人都在谈论这件事……是的，我知道，我知道，我们正在要求他……千真万确，部长先生，您尽管放心。我会联络您，先生。早上好。"

洛伦索·拉兰热拉挂断电话，丢到了书桌上。他重新坐了回去，眼神忧虑地面对着两个女人：

"你们明白吗？我们不是来这儿讨论恐怖分子的人类学。

他们想要结果。马上!"

"如果他们要的是公正,就更好了!"拉腊大吼道。

"我们所有人都想要公正,拉腊。"麦琪说,"我的上司们也坐不住了。"

专员趴到了书桌上。这个男人很高大,却忧心忡忡的。

"我们正在战争状态,一场全球战争。那个人想消灭西方文明。一条咬住人的蛇,是派一个生物学家过来评判它有没有毒,还是马上用砍刀砍下它的脑袋?"

拉腊摇了摇头。她也充满担忧。

"所以你的企图就是制造一个恐怖分子!"

"你怎么没去当修女?"

拉腊站起来,大喊道:

"操你妈!"她摔门而出。

专员直起身,作势要追上她,却转身回来了:

"听听,麦琪。请您原谅。之前几天,我不想伤害她。我不是种族主义者。在安哥拉,我是军营里唯一的白人。我交到了朋友。他们称呼我阿劳卡老爹,在那些家伙的方言里意为'真正的男人'。许多朋友在我的怀抱里死去。直到今天,我还会收到老战友的来信……"

麦琪打断了他:

"我不想听您解释。我不喜欢先生您。我永远不会喜欢。但我们不是在讨论这个问题。我们有一项任务要完成。"

"你说得对。只是让我总结一下。事情是,这个本蒂尼奥让我想起别的游击队员，杀了我战友的那些人。"

"您刚刚接了您部长的电话。我的上司也每天都在追问。我们必须赶快解决这件事。让我带走那个男人。您知道，我正是为此而来。"

"这不行。我们有的还不够多。去弄点什么能说服拉腊的东西。"

* * *

夜幕降临。在他的牢房里，阴影袭来之时，查尔斯·波亚铁尔·本蒂尼奥和那只鸟交谈。

"我一直在观察你，我的鸟儿。你的确深陷囹圄。但被一堵墙囚禁总归好过死在墙下。我逃过一劫。那真是令人提心吊胆的日子，魔鬼环伺。我是灵魂大师，驯龙者，在叙利亚的时候就对我大有用处。有一天，一个指挥官给我打电话，非常隐秘，因为他正苦于无法获得救赎，他的武器不起作用，然后他听说了我的能力。他恳求我的帮助。我把问题解决了。那些人开始追我的时候，我想起了他。他二话不说，冒着生命危险帮助我出国，直接到了法国。"

* * *

司法警察局的一间办公室里，拉兰热拉专员、拉腊和麦

琪又聚在了一起。专员剪了头发,看起来更年轻了。他说话的时候,感觉还要更年轻:

"我有一个好消息和一个坏消息。好消息是,昨天我们收到了一个匿名举报,指明法伊扎·阿尔·加尔布现在住在普拉泽雷斯教区[1]的一家旅馆里,名叫'普拉泽雷斯之花'。"

"很有意义。"麦琪说,"我们有了她与本蒂尼奥一同离开叙利亚的情报。"

"你们抓住她了?"拉腊问。

"没有。"专员说,"这就是坏消息。我们到达那家旅馆的时候,她已经人间蒸发了。毫无预兆。但旅馆老板娘认出了她的照片。"

"作为补偿,我有一个好消息。"麦琪打断道,"还有一个证据能证明我们面前的是一个恐怖分子。这是一份犯人和法伊扎之间的通话记录,就在他们认识之后不久。"

麦琪展示出一张纸,递给了专员。

专员高声朗读了出来:

本蒂尼奥:早上好,我的东方明珠。
法伊扎:色兰[2],我的朋友。

---

[1] 葡萄牙里斯本市的旧教区,2012年的行政改组中并入埃斯特雷拉教区。
[2] 穆斯林之间的问候语,表示礼貌祝安。

本蒂尼奥：我想给你我的书，《地雷与陷阱》。你感兴趣吗？

法伊扎：我很感兴趣，但这不是能在电话里谈的。今晚来我家吧。

本蒂尼奥：我会去的。

拉腊伸出手：

"我能看看吗？"她安静地读下来，"那本书在哪儿？"

"我们还没找到。"麦琪说。

"你为什么想要那本书？"专员问道，"这份记录还不够吗？那个男人在安哥拉军队里战斗了五年。他是爆破专家。他写了一本叫《地雷与陷阱》的书。你觉得那本书是讲什么的？诗歌？"

"关于这个，我们去审问一下他。"

"看在上帝的分上，拉腊，别这么固执。我们在浪费时间。这是那个犯人的转移表。我已经签字了。你也签。"

"我想和犯人说两句。"

* * *

查尔斯·波亚铁尔·本蒂尼奥正躺在他牢房的地板上。一束光从高处落下，照亮了他的双眼。

"你知道什么是爱吗，我的鸟儿？很多人都以为自己知道，但他们甚至辨认不出它的芳香。我自己呢，我认识成千上万个女人，实际上有几个是我爱的呢？我，灵魂大师，驯龙者，治疗了数不清的人。人们抱怨各种各样的痛苦、性无能、奄奄一息和绝望、皱纹和痦子、妒忌、怨恨和恶臭，然而，仔细看看，几乎所有人都为缺少爱而备受折磨。而且，我这样治疗他人，却没有意识到自己也在经受同样的伤痛。在巴黎，撞见法伊扎那双大眼睛的瞬间，我一下意识到了这一点。啊，我的朋友，大海一样的眼睛，仿佛世界上所有的光明都在那双眼睛里诞生。我没有皈依伊斯兰教，没有！我皈依了她。"

* * *

本蒂尼奥坐在专员的书桌前，专员、麦琪和拉腊都在场。专员面带胜利地面对他：

"所以说，你写了一本书，《地雷与陷阱》？"

"没错，拉兰热拉长官。"

"那么关于那些地雷，你能告诉我们什么？你这一生里埋过多少颗地雷？"

"哎，老先生，很难说个具体的数字。我埋过很多。很多，很多，很多。一千多颗。"

"一千多颗？！"

"我发誓！一千多颗。仅是我当出租车司机的那段时间，因为我是出租车司机,当时我在每个教区都有一颗地雷。甚至不止一颗。在桑比拉[1],大概五颗,是本国的。在兰格尔[2],有一个苏联的。"

"苏联的?"

"乌克兰的,准确来说。腿很长。"

"'腿'?!"麦琪大吃一惊。

"我不是想自夸。那时我让许多女人都感到幸福!"

拉腊控制不住地发出一阵大笑。专员也模仿着她。

"这家伙真是一出闹剧!"

麦琪茫然地看向所有人。

"不好意思,我想确认一下我的理解:那本书是讲什么的?"

"是一本关于诗歌的书,麦琪特工。我是一个成就非凡的浪漫主义诗人。我的书收藏在许多伟大的国家图书馆里。奥巴马有我的书。我知道他很喜欢。教宗方济各[3]有我的书。他爱不释手。米亚·科托写信给我,请求我屈尊为他作序。"

"那些'地雷'呢?那些'陷阱'呢?"麦琪问。

"所有的地雷都是陷阱。没有比一个女人的秘密花园更好的陷阱了。"

拉腊笑出了眼泪:

---

1 位于安哥拉首都罗安达市桑比赞加(Sambizanga)市区的一个教区。
2 安哥拉首都罗安达市的一个市区。
3 天主教第266任教宗,出生于阿根廷。

"秘密花园？！"

"香气宜人的酒杯，男人的休憩，天堂之门……"

专员打断了他：

"好吧。好吧。我们已经明白了。我带你回牢房。"

拉兰热拉专员带着犯人离开了。

拉腊对麦琪说：

"在这之后，您还认为我们有个案子吗？这个男人完全就是个蠢货。"

"或者假装是个蠢货。"麦琪说，"他是个厉害的演员。"

"我还没告诉您说唱歌手那个故事的结尾。现在发生的事让我想起了许多。"

"发生了什么？"

"那个年轻人死了。拉兰热拉声称是正当防卫，并且让我为他的说辞作证。"

"然后，当然了，您作证了。"

拉腊没有回答，她现在泪流满面。

拉兰热拉专员又走进了办公室。

"这儿发生了什么？"

拉腊试图用手擦干眼泪，说道：

"你很清楚发生了什么。"

"无论如何，"麦琪说，"都不该在这里讲。我们是警察。我们手上有一个案子。来处理它吧。"

"没错！"专员赞同道。

35

"这个案子和另一个有关。"拉腊说,"你们想让我陷入同样的处境。"

"'你们'?!"麦琪问道。

"我不知道你在说什么。"拉兰热拉专员补充道。

"那么我解释给你听。"

"去外面处理你们的事。那是私人事务。"

拉腊激动起来。她大喊:

"不是私人事务!"

"冷静点,该死。"专员捶了一下桌子,"你在每月的那个时候吗?"

"专员,看在上帝的分上!"麦琪说。

拉腊绝望地哭了。

"我恨你!我恨你!我恨我自己,为那些你强迫我做的事。"

"强迫?!我强迫你做了什么?"

"我知道是什么。这里的所有人,我们都知道。"

"我不知道怎么对付歇斯底里的女人们!"

"歇斯底里的女人们?!"麦琪问。

"对,歇斯底里。他们就不该让女人进警察局。你们根本不懂怎么应对紧张的局面。为什么事都能哭。"

"我没在哭。"

"那就等你哭,你这个垃圾非裔美国女人!"

"你叫我什么?"

"非裔美国女人。还是说你更想让我叫你黑鬼?"

麦琪站起身,把裙子整平。

"结束了。我要对先生您提出投诉。"

"你提吧。我才不在乎。"

麦琪离开了。拉腊和专员交换了一个沉重的眼神。拉腊垂下双眼。专员悲伤地微笑起来。

"我不知道你给她讲了什么故事,拉腊。我得去告诉她真相。"

* * *

专员到本蒂尼奥的牢房里拜访了他。那个安哥拉人坐在床上,向他示意了一下旁边的空位。

"您要站着吗,老先生?坐这里吧。"

"我更想站着。"

"您看起来忧心忡忡的。发生什么事了?"

"你们,你们这些黑鬼,为什么别人叫你们黑鬼的时候会出问题?对我而言,你们可以叫我白人[1],我不会感到冒犯。"

"告诉我发生了什么。有问题吗?"

---

[1] 葡萄牙语中用"白色的"(branco)一词称呼白人,但"黑色的"(preto)一词用来指人时则带有贬义。

"那个婊子,那个美国女人,投诉了我。"

"试着理解一下,老先生。麦琪女士被强大的魔鬼折磨着。"

专员在床上坐下,坐到了本蒂尼奥的身边。

"我的上司给我打了电话。他们不仅要让我退出这个案子,而且威胁要起诉我,还要将我驱逐出警局。"

"别害怕,尽管向我敞开心扉。我是来帮你的。"

"我一直是警察。我不懂怎么做别的工作。我父亲有一间小杂货店,在上科瓦·达莫拉[1]那儿。有一天,一个黑鬼——无意冒犯!——抢劫了商店,砍了他一刀。我父亲没死,但丧失了生活的意志。当时我还很小。那件事对我意义深远。我决心进入警局,帮助他人。"

"针对您的情况,我建议用七大力量清洗一番。您要把产品随身携带。早上六点泡第一次澡,禁食。一个小时之后泡第二次,以此类推。这段时间里,您既不能吃东西,也不能进行性行为。明白了吗?"

"那是什么,四十年的职业生涯?一辈子。整整一辈子。看啊,小伙子,你没有你那个裁缝的电话号码吗?"

"阿尔梅达先生?你们拿走了我的手机。"

专员把电话递给他。

---

[1] 位于葡萄牙里斯本大区的阿玛多拉市的科瓦·达莫拉教区,非法贫民窟聚集地。

"给你。"

"最好还是打给他。他并不接待所有人。等一下……喂，阿尔梅达先生？啊，您认出我了，我的荣幸……您在哪儿呢？我正在一间休息厅里，就在这儿，在里斯本。我和一位朋友在一起，一位老先生，他急需一位出色的裁缝的服务。我告诉他您是里斯本最好的裁缝。我的朋友来自司法警察局，拉兰热拉专员……等一下……哪一天您比较方便，老先生？"

"……星期五？"

"星期五……请尽心招待。以我的名义。拥抱您，给您积极的能量。"

专员从他手中抢过电话，然后站了起来。

"把那玩意儿给我。别以为你逃得了。我们要把你送去关塔那摩。"

* * *

拉兰热拉专员紧张兮兮地在他的办公室里大步走来走去。他非常优雅，穿着一身深色套装，蓝色丝绸衬衫，一根细长的条纹领带。他边走边大声说：

"我得解决这件事，即使要搞掉那个黑鬼。无论如何，那家伙已经被搞掉了，我还感到挺遗憾的，毕竟我不觉得他是个坏人，但现在要么是他，要么是我。"

麦琪在门口窥探着。她咳嗽了一声,想要吸引另外那人的注意力。

"我希望您的确有要事要对我说。"

"比你想象的更重要。我有东西能解决这一事件。"

"很好。让我看看。"

"您撤销投诉,让我工作,然后两天之后,我会交给您一份供词。您带走那个男人,我们不会再见面了。"

"供词?我们都知道那个可怜鬼是无辜的。"

"没人无辜到看不出一丁点儿罪过。本蒂尼奥会招供的。"

"那真相又在哪儿?"

"真相?!他们又没付钱让我们寻找真相。我们有一桩罪行,我们需要罪犯。这样我们就能安抚民众。你那些上司想要的不就是这个吗?"

"确实。两天。我给您两天时间。"

"那投诉呢?"

"是一场误会,我只有一点基础的葡萄牙语知识。"

"没错!没错!所以我们谈妥了。什么都别对拉腊说。"

* * *

本蒂尼奥又迎来了拉兰热拉专员的到访。他坐在一张小板凳上,就在那个鸟的图案正下方。专员始终在门边站着。

"你知道普拉泽雷斯教区的普拉泽雷斯之花旅馆吗?"拉

兰热拉专员问。

"别这么对我，专员，我们是朋友。"

"我们不是朋友。另一种人生里，我们或许可以成为朋友。"

"不对，这不对，专员。法伊扎，不对！"

"你坠入爱河了，不是吗？女人把我们毁掉了。"

"你们对她做了什么？"

"目前为止，什么都没有。现在只有我知道你爱人的藏身之处。现在就看你了。"

"您想要什么？"

"我想要一份你的供词。"

"那我需要供认什么？"

"供认你曾在叙利亚接受'伊斯兰国'的训练，被派到里斯本来炸毁一架美国飞机。"

"我怎么知道在这之后你们就会放过她？"

"你不知道。你只需要相信我。我向你保证，我们不会逮捕她，我们不会逮捕她。"

"我相信您，先生。那我呢？我会怎么样？"

"你会去美国。不会太糟的。"

"知道法伊扎是自由的，我就不再是被囚禁着的了。我不害怕监狱。"

"我开始相信这点了。现在，比起你，我才更像是个囚犯。"

"没错。我会签名的。"

"你明白吗？要想确保法伊扎的安全，这段对话绝对不能泄露出去。永远不能让这种事发生。"

"没错。"

专员向他伸出手：

"没错！"

* * *

专员坐在他的书桌前，在笔记本电脑上做着记录，拉腊突然走了进来。女人停下脚步，惊讶地微笑：

"你穿得光彩照人。领带真漂亮。"

专员起身拥抱了她。

"尊重从领带开始。"

拉腊松开怀抱。

"但我们不是来谈论你的新衣服的，对吗？"

"是这样。本蒂尼奥这个案子了结了。他招供了。给你他的供词，他亲笔签名的。"

"我不相信。"拉腊读了供词，微笑消失了。她怒气冲冲地面对专员。"我不相信！不可能是这样！我不相信这个东西！"

"你不相信什么？"

"这上面写的我全都不信！我不相信你！"

她站起来，把纸张扔到地上，踩了上去。

专员拉开她，捡起那些文件。

"冷静！你要是不相信我，可以，你去和他说！"

拉腊失魂落魄地坐了下来。

"你做了什么？"

"我做了我的工作，拉腊。我做了调查。带着新的数据和犯人对峙。他屈服了。这个故事到此为止了。我这里有引渡用的文件，只差你的签名了。"

"我不会签名的。我要和本蒂尼奥谈谈。我要听听从他嘴里说出来的话。"

* * *

拉腊走进本蒂尼奥的牢房。牢房里现在有一张非洲织物盖着的小桌子。桌面上放着一堆海螺和小骨头。安哥拉人看见她，便站起了身。

"欢迎光临敝诊所，拉腊特工。"

拉腊晃了晃供词的文件。

"你能告诉我这是什么吗？"

本蒂尼奥读了一下前几行。把文件交还了回去。

"是我的供词！"

"你怎么会在这种东西上签名？"

本蒂尼奥又坐了回去，把玩起海螺。

"拉腊女士，告诉我，您的生日是哪天？"

"什么？"

"您是三月出生的，对吗？"

"你怎么知道？"

"很简单。我不知道的是日子。让我再扔一下海螺。"

"我不想。"

本蒂尼奥又扔起了海螺。

"这是说：您和一名死者生活在一起。"

"我不喜欢这种对话。"

"您必须放他走。那名死者已经被赦免了。"

"我不知道你在说什么。"

"您是一个好人。那个男孩，那名死者，他想走了。但您不让他走。"

他又玩起了海螺。

"停下吧。"拉腊请求道。

"拉腊女士，看到您如此不幸，我感到非常痛苦。渎职是监狱里最坏的罪责。"

"我能做什么？我的上帝，我能做什么？我忘不了。我一闭上眼睛，就会看见他的脸。入睡，我会梦见他。醒来，他就在那儿，躺在我的床上，床单上鲜血横流。"

"拉腊女士，听着：他不是您杀的。他到了末路。他在这里倒下了，在这个地方，就在这里。但在很久以前他就失足了。您不知道他的故事吗？"

"对，对，我想你说得对。"

"走吧，拉腊女士，平静地走吧。每个罪人都值得是无辜的。"

拉腊离开了。她忘了拿走文件。本蒂尼奥叫住了她。

"别忘了这个。我知道我为什么签了这份文件。我必须签。"

短暂的沉默。拉腊离开了。

本蒂尼奥继续说着,仿佛对女人的离开毫无察觉:

"我要去的地方你们去不了。我爱你们,所以你们也应该彼此相爱。这样一来,你们就会知道,你们是我的门徒。"

* * *

拉腊坐在拉兰热拉专员面前。男人心不在焉地浏览着一本书,

"那么,你和本蒂尼奥谈过了?你满意了?"

"我还是不知道你对他做了什么。你做了些什么。"

专员抬起眼。

"他说我对他做了些什么?"

"他们要送他去关塔那摩?"

"那已经不关我们的事了。"

"不公平,不公平。我不能签字。"

"你能,是的。如果你不在这上面签字,麦琪就会坚持投诉,然后我就会被逐出警局。"

"你的问题……"

"我的问题?！我为你搭上了自己职业生涯的风险。我救了你的命……你反倒把事情讲给麦琪了,是不是?"

"我不该这么做。对不起。我羞愧难当。"

"我非常爱你。我多么爱你啊。"

两人陷入了沉默。院子里传来一只鸟儿的歌声。专员抬起眼,突然警觉起来。

"你听见了吗?你听见那只鸟叫了吗?最近这几天,外面的树上满是小鸟。"

"你原谅我了?"

专员温和地看着她,递给她一份文件。

"来吧,签字!"

拉腊签了字。

* * *

专员独自待在他的办公室里,穿着打扮更加优雅大胆。他耳朵上戴着耳机,一边用林加拉语[1]唱着一首帕帕·文巴[2]的主旋律,一边迈出几下舞步。拉腊走了进来,停下来看他跳舞。

---

[1] 班图语支的一种语言,主要分布在刚果民主国、刚果共和国、安哥拉和中非共和国。

[2] 刚果(金)音乐人,被誉为"刚果伦巴之王"。

"你在跳舞？！我都不知道你是谁了！"

拉兰热拉专员背对着拉腊，双眼紧闭，没有听见她的话。他继续跳舞，越来越激动。他跳得很好，仿佛整整一生都在跳舞。拉腊坐下来欣赏他的表演。最后，专员睁开眼，发现了她。

"令我赞叹不已。"拉腊叹了口气，"我之前都不知道你跳舞跳得这么好。和我在一起的时候，你不喜欢跳舞。"

"现在我喜欢了。"

"那本蒂尼奥呢？他一切顺利？我只是来这里道别的。"

"他在牢房里，和麦琪在一起。"

"你在听什么？"

"帕帕·文巴，一个刚果音乐家，本蒂尼奥推荐给我的。我最近听过好多非洲音乐了。我发现你家附近有一间安哥拉舞厅。今天是星期五。你晚上想和我去跳舞吗？"

"如果你还像刚刚那样跳舞，那我非常乐意。你知道，我热爱跳舞。"

* * *

本蒂尼奥在他的牢房里，身上穿着一套橙色的囚服。麦琪站在他面前，羞愧地看着他。

"我不能再单独和你待着了。所以请求现在就和你说话。我知道你为什么在供词上签字。你在保护法伊扎。我花了一段时间才理解你为什么决定为她牺牲自己。你明白这一举动把你自己丢到了一个困难重重的未来吗，你明白吗？你自己跳下了悬崖。"

"当一个人坠入爱河，深渊就像是草坪一样。"

一段短暂的沉默。麦琪坐在那张小桌子边，用双手盖住了脸。

"我必须承认，你的高尚让我震惊不已。你让我思考起来。我觉得，某种程度上，你改变了我。"

"这就是我的任务。我是一位变形特工，把痛苦变为希望。"

麦琪看着他，又感动又恼火：

"别打断我……我不是非洲人。我曾经对非洲恨之入骨。你之前说得对，我觉得你之前说得对。发生在我家人身上的事蒙蔽了我的双眼。我看向非洲的时候，只看见了恐怖的一面。我看不见它的美好。你出现了，说着那些蠢话，证实了我所有的偏见。现在我明白自己错了。请你原谅。"

"我彻底原谅您了。我想请您帮个忙。这件衣服……"

"等一下。我还没说完。你对我们很重要，因为你曾在叙利亚待过，站在'伊斯兰国'那一方战斗，或是没有战斗。你看见了很多。你听到了很多。你觉得自己为什么穿着橙色的衣服？他们会像挤压橙子一样挤压你。"

"没错……但是至少这一段旅途，我不能穿自己的衣服去吗？一条上好的领带……女士，您知道，尊重……然后他们就可以挤压我了……"

"我知道,我知道,尊重从领带开始。不行,不可能。这是规矩。我让你一个人待会儿吧。我很快就会回来接你。"

* * *

本蒂尼奥独自待在他的牢房里,用指甲刮着那只鸟的图案,再把粉末收集进一个小盒子里。他一边唱着歌,一边缓慢又仔细地做着这些事。工作完成后,他把粉末撒向光芒之中,穿过了牢房的栏杆。

"去吧,我的朋友,我的鸟儿。去吧,飞吧,自由自在地,飞回天空之上。只要天上还有群鸟,就没人能抓住我。"

* * *

本蒂尼奥戴着手铐出现在专员的办公室里,身边是两名美国特工,身穿制服,全副武装。专员拥抱了他。

"你很适合橙色。"

拉腊走过来两步。

"我也想给你一个拥抱。我知道你是无辜的。我会继续为你而战。"

"我们走吧。"麦琪打断道,"有一架飞机在等着我们呢。前方是一段漫长的航行。"

外面是盘旋在空中的宽阔鸟群,传来鸟儿欢快的啼鸣。本蒂尼奥看向那扇朝着院子的窗户。专员跟随着他的目光。

"祝你好运,我的朋友。"专员说,"你会想念那群鸟的。"

"放轻松,专员:每一片土地上都有天空,每一片天空上都有群鸟。"

杀手街上降下爱情之雨

I. 巴尔塔萨的介绍

介绍一下我自己：我的名字是巴尔塔萨·福尔图纳，今年四十九岁，但我不该这么大。三十三岁才是适合我的年纪。是的，三十三。三十属于我，三岁属于和我生活在一起的三个女人。实际上，她们比我活得更久。可以说，她们与我针锋相对地活着。

这几个可恶的女人从我身上吸走了时间，我献出了许多年，可她们回报给我的却是欺骗。我的爱，那些从未属于我的爱，她们那些我不曾知晓的爱。

原谅我混淆了概念和想法，但过去的怒火征服了我。我们总是想在此刻活着，晚点再死去。我只想在自己的身体里已经不剩什么生命力的时候死去。但我所见却恰恰相反：我越是迈向苍老，越能发现自己身体里的生命力。而这，我的朋友，这或许是好事，其实不是：因为到最后，我感觉坚守在我身体里的生命力不是自己的了……都是那几个女人的错，过去的爱……为什么曾经的我放任自己陷入脆弱……？爱，爱，爱……肉体孱弱无力，心脏由脆弱组成。心脏是一个阳性名词，但在阴性形式下：coraçoa。是 coração 或是 coraçoa[1]，真相就是，这个器官杀死了我。

因为我要告诉你们一件事：不是国家治理不善。人类的一切存在都治理不善。应该有一个部门，在那里，我们可以索要一份自己生命的复制品。我们提出要求，然后就得到了开具复制品的权利。就是这样，或者我们可以拥有一双翅膀，能够飞翔。有人见过小鸟变老吗？若是我们展翅高飞，我们就将永远是孩童。天空之上，时间不会流逝，它就是一朵云。那就是我想去的地方，一朵云上。有时候，我特别渴望成为一朵云。

然而没有飞行，也没有云，更没有第二次生命，他妈的什么都没有。

我之所以说这些晦涩难懂的东西，是因为想给你们解释为什么我会在希戈维亚，这个充满回忆的地方。终于坦白我出现的原因时，我的嗓音甚至在颤抖：我是来这里杀人的。是真的，我是来杀人的。杀人，对。杀人。在你们面前，我

---

[1] 葡萄牙语单词"心脏"（coração）为阳性名词，文中所说的阴性形式 coraçoa 是作者自创，并不存在。

要杀人。这个词还让我感到恐惧。但有些时候，比起行动，我们更害怕言语。我从来没杀过人，从来没踩死过血虫。但我正在变老，在我眼里，每一个新的日子都可能是我的最后一天。从前，我总是举止得体，唯恐会下地狱。但现在我知道了：不必害怕。我已然生活在地狱里了。没有比这更恐怖的地狱了。

有些罪犯在犯罪之后供认了罪行。我先供认了。我的杀人动机就是那些记忆。我的朋友们说：回忆就是活着。对他们而言或许是真的，对我而言却截然相反。让我活不下去的正是那些回忆。因此，我要清除它们，但是要把一切都一起清除干净：那些人的回忆，以及我回想起来的那些人。

所以我回到了希戈维亚，充满蛇蝎之心。我来讨一笔账，来卸下爱情的包袱。或者说得更直白一点：我来杀人，杀死那些我爱过的女人。三个女人。三是上帝算出来的数。因此也将是我要消灭的数量。那些女的不会待在那儿笑，除非有人与我一起过夜。而偶然的幸福时刻，我和一个女的躺在一起，没有分享身体，只是让黑暗不断扩散，每天晚上都难逃失眠。

女人很危险，毕竟夏娃就大逆不道。幸好，感谢造物主，女人学会了对她们自己心存恐惧。如今的问题在于，他们在教育女人不要再感到恐惧。而这，我的朋友们，这就会成为世界末日。我是认真的。我的老父亲过去总说，世界在末日之前就终结了，但他这个可怜的家伙却逃脱了女人带来的厄运，她们到处乱跑，什么事都要插手干涉。

我不想纠正这个世界，不过，至少纠正一下我的生活。我要昂首死去，不仅如此，一切都要高昂挺立。正因如此，我来杀那三个小家伙了，一个接一个。那几个人要为世界上剩下的其他所有女人付出代价。她们诡计多端，所以要与那些推崇者共享这一精明。

II. 玛丽安娜，第一个受罚者

在哪儿呢？我究竟把名单藏哪儿了？啊，名单在这儿，死亡组正式提名者名单。

第一位赢家就是：玛丽安娜·舒比舒巴。

我就从这个不幸的考量开始吧，我们的玛丽安娜，我要去清理掉的第一个女人。我从她开始，因为她是所有女人里最突出的一个。啊，玛丽安娜，玛丽安娜，你总是第一名。现在，你将会首当其冲。

在我们之间，我告诉你们，这个婊子是第一个做出……你们知道她做了什么吗？背叛我。背叛我，而且还是和别人一起。她让我被那个丑陋不堪、一肚子坏水，还腿脚不灵的家伙折磨，所以也要让她尝尝同样的滋味。我已经知道了：所有人都说不能笑话一个残废。但我可不是要笑话他。我什么都不做。那个人不光是有一条腿短了：两条腿都短了，一切都短了。一切都小巧玲珑的，根本谈不上有什么尺寸，更别说大小。

任何有尺寸，而且尺寸巨大的人，都是我的耻辱。现在我要为那些旧恨复仇了……玛丽安娜那个女人会目睹支离破碎的心脏。更糟的是：玛丽安娜不得不在事先知情的情况下受折磨。我会给她打电话，宣告报复的手段。

就是现在了。

快接电话啊，亲爱的，趁你还能接的时候。喂？玛丽安娜？我是……等等，你没认出我的声音吗？没有？我是……不敢相信，我是巴尔……啊，你看见自己是怎么认出我的了吗？！好吧，是我，就在当下，完好无缺。我很好，你呢，你怎么样？你还和那家伙在一起吗，那个小肚鸡肠的……啊？什么？他死了？你没对我说过！但他是怎么死的？好吧，你看……这是怎么了，你在哭吗？玛丽安娜，玛丽安娜……看在上帝的分上……

我摊上麻烦了，这个女人让我陷入了哀恸。很快，正在哭泣的人成了我……为那个给我戴了绿帽子的混蛋泪流满面……来吧，玛丽安娜，别哭了，看在上帝的分上，别哭了。生命就是这样，早晚有一天……等等。什么？你在说什么？不行，绝对不行。自杀？想都别想，玛丽安娜。不行，拜托了……你看，听我说一件事。好好听着，我还没见到你，但我能肯定，你这样的小寡妇，还变得更年轻、更漂亮了。胡说？我深信不疑，你一定是最美的，只要擦干眼泪,让那张漂亮的脸蛋更亮一点……玛丽安娜,我说的都是真话,在我眼里,寡妇更令我激动,守寡只会带给女人更多的优雅,是一种第二次的贞洁……我在对你说……我怎么样了?

可怜的女人,被折磨成那样了,还想要知道我怎么样了。

很好,我也不知道,我的胸口有些疼痛,但我不能抱怨,至少我还有胸口……咳咳……我来希戈维亚做什么?我来……我来杀……好吧,杀……杀死思念。我想你了吗?好吧,思念不是我这种男人的事。什么?说吧,我没听见……等一会儿?当然,我会等着。

你们见过这种破事吗?我是来杀这个女人的,死了的是她那个混蛋丈夫,而现在在这里付出信任的人是我。我已经在抱怨我的痛苦了,她们就喜欢扮演那种老妈子的角色。这件事走向不妙,必须得尽快结束。仔细想想,她的奸夫死了更好,这样一来,她来找我的时候,我就有勇气立刻向她坦白自己此行的来意。我就这么说:"亲爱的玛丽安娜,我之所以到这里来,是为了让你离开这个世界。"这就是我要说的,而且必须立刻就说,立刻,因为我已经在为她的眼泪和甜美柔和的嗓音而心软了,这大婊子和那个印度裔男人一起背叛了我,事情已经真相大白,我头上绿了,成年累月地走在阴影里,如行尸走肉,我没有自杀,不过是因为当时忘了,大婊子,你马上就会看到,我的头上戴了绿帽,但你的颅顶上会开两个洞。

喂？是的，我在。

是她，又是她的电话。现在，冷静，巴尔塔萨，别让自己心烦意乱。

看，玛丽安娜，这件事很严肃，我……让我说，玛丽安娜……什么？你想让我上来？等等：上到哪儿去？去陪你？但是去哪儿？去墓地？等等，我有个洞……鞋上有个洞，让我走路一瘸一拐的，我不想让你看见我跛脚的样子，我就像是……我就像是一个瘸子。不过，好吧，我能走。仔细想想，我做出了一次牺牲，说不定还能把你带去墓地。但是，原谅我的好奇心：去墓地做什么？陪你，对，说吧，我听着呢……

她想让人陪她去墓前献花……我去不去？或许我会去。只不过是为了让那个死瘸子看见我们又在一起了，我和玛丽安娜，手挽着手，谁知道那家伙会不会在下边醋意大发，那里不会下雨。我想我会去……而且，谁知道呢，墓地正是杀了她的最佳地点，那个女人已经在该在的地方小死一回了，只要往墓穴里一推，她就会掉下去被沙土掩埋。

（一个巨大的东西从楼上掉了下来，险些砸在巴尔塔萨身上。他吓了一跳，绕着那个包裹走来走去，好奇地端详着。）

嗯，这是什么？那个婊子想杀了我！这是什么？衣服，一套西服，衬衫，鞋子。等等，开什么玩笑……玛丽安娜，这是在开什么玩笑？这是什么衣服？什么？这是我以前的西服。我们婚礼上穿的西服？别和我说……这些东西你一直留到了现在。我不相信。

她说她每天晚上都会看看衣柜，每天晚上都会闻一闻我的衣服。可信吗？

不好意思，玛丽安娜，麻烦你重复一下，我没听清……

她还记得那次初夜……她说再也没有过那样的一夜了，再也没有过了……你们看见了吗？不，忍不了了。我不能……

你在吗，玛丽安娜？总之，我不能和你一起去墓地。不，我不能。我有急事要办，然后会回来。什么？不行，今晚，不行，不会是今晚，我之后才能回来，明天，我也不知道，改天吧……

Ⅲ. 玛丽安娜·舒比舒巴的话

我的名字是玛丽安娜·舒比舒巴。"你的名字里充满了大海"[1],我已故的丈夫阿尔梅林多·佩尔纳·卡丹特还活着时总是重复这句话。他曾经笑着说:"我只想快乐地死在这片海里。"他夙愿得偿,死在了一个疯狂的调情之夜,我化为了海水,而他溺亡于此。大海就是母亲,我们都来自大海,也将会回归大海。我们女人比男人更了解这一点。怀孕时,我们就在子宫里造出了一小片神秘的海洋,受赐福的果实就在这片海里生长。我更希望自己的甜心阿尔梅林多会游泳,我是真心实意的!阿尔梅林多:我的空气,我的蜂蜜,我的

---

[1] 名字玛丽安娜的原文"Mariana"开头的三个字母组成了单词大海"Mar"。

美丽。我的腿也是歪的,所以呢?他的腿是歪的,却比许多男人都行走得更加笔直。而且就像是在跳舞!做得到的话,很多男人会把腿扭歪,为了能像他一样跳舞,比如那个和我举行了婚礼的巴尔塔萨·福尔图纳。我的祖母老塞雷纳·本蒂尼亚过去总说人如其名。我相信了他的名字,财富[1],结果却是贫困潦倒。是我的错。现在他又出现在我面前,就在希戈维亚这里,我已经彻底是个寡妇了——就是巴尔塔·阿扎尔[2]本身,像他的朋友们从前对他的称呼一样。他还对我甜言蜜语、蜜语甜言,说守寡是一种第二次的贞洁。他是想让我再举行一次婚礼,剪彩、唱圣歌,卑鄙下流的家伙。愤怒的泪水涌上了我的双眼。我记得他把我丢进一间阁楼,交到一个瞎眼的老堕胎师手上,他们管她叫至纯修女,我觉得她确实是个修女,在爱上一个神父并招致不幸,随后成为堕胎师之前。我独自回到家,但那天晚上我的情况变得很糟。血,血。我看见死亡在我身上展开漆黑的翅膀。是我的邻居阿尔梅林多·佩尔纳·卡丹特拯救了我,他是一名男护士,听到了我的呻吟,伸出援手,送我去了医院。

阿尔梅林多是印度裔——来自安朱纳的果阿人[3]。我不知

---

[1] 福尔图纳(fortuna)在葡萄牙语中意为财富与好运。

[2] 阿扎尔(azar)在葡萄牙语中意为厄运。

[3] 果阿为印度的一个邦,位于印度西岸,曾是葡萄牙殖民地。安朱纳是位于北果阿海岸的村庄,海滨旅游胜地。

道安朱纳在哪儿，也不知道果阿在哪儿，但我想象出了一座到处都是天使的葱绿乐园。阿尔梅林多几乎就是个天使，除了在床上会变成彻头彻尾的魔鬼。这就是理想的男人，腰以上是天使，腰以下是魔鬼。

因为那次堕胎，我的身体再也无法接受男人的精子了。仅仅对阿尔梅林多而言，我仍旧是那片大海。现在他死了，我干涸了。对于一个女人而言，没有比这更糟的命运了。所以我怒上心头，我抄起手边的东西，一包巴尔塔萨的衣服，我留着它们是打算烧掉，灾祸，厄运，摇摇欲坠的爱，我把包裹扔出窗外，但不太走运，没砸中他，掉到了边上。于是我计上心头，邀请他去扫墓，那位跛子就长眠于此。我想在那儿杀了他，说不定我丈夫的存在会给予我力量。我挑了一把锋利的刀，藏在了口袋里。我觉得自己会在墓地获得勇气。在这之后，只要把他推进墓穴就行了。墓穴与一只鸡蛋恰恰相反：一个为生命合拢，另一个为死亡开放。谁都察觉不到。第二天早上，他们发现他的时候，会以为他是某个死在逃亡途中的人，是这里随处可见的那种人，然后他们会用合乎身份的方式埋葬他，也许会往他的双脚上绑一只锚，像是对待那些老水手一样，以防他再跑了。

但是巴尔塔萨当时拒绝了……他不能和我一起去，总之是有急事要办，他从来没有要办的事，只有搞砸的事，然后他又约定改天——根本没有那么一天。我猜他是怀疑我的意图，胆怯了，逃跑了。啊，但我知道他会回来。男人就像公螳螂，我们甚至可以给他们看看那把将会杀死他们的凶刀，然而，若是我们同时让他们看一小截腿，一小点胸，他们立马就会来了。他们总是会来，即便知道等待着他们的结局。对男人而言，性是结局；对我们女人而言，仅仅只是个开始。

这段时间里，我一直在磨刀。

Ⅳ. 茹迪特，第二个获判者

我没杀玛丽安娜，进展不顺。但这一次我不会失败。对这位新的女人，我怀有的恨意比较克制。茹迪特·马利马利。大贱人。漂亮，但对诡诈很是推崇。浑身怪癖。我第一次见到她，立马就说："这个女人就是一只蝎子。"她收紧双臂，尾巴上却有着剧毒。当我们的目光描绘着她的身体曲线，就被死死地咬住了。和那个女人在一起时，我已经完成了男人的工作。现在，我要完成毫无人性的工作。

我要说一件事：事情越严重，越是让我想笑。但是，笑，现在？为了活跃一下气氛，我要讲个笑话。有个男的来到理发师面前，说："我知道女人为什么戴胸罩了……"

这个不行，这个一点也不好笑。玛丽安娜从来没被我的笑话逗笑过，她不觉得这些笑话好笑。她总说，我们男人只知道为愚蠢的事情发笑,我们需要笑话,好让自己有理由保持愉快。她们女人不保持愉快:她们保持幸福,而且不需要幸福的理由。胡说,胡说八道。现在是时候看看谁会笑到最后了……

你们会问我:为什么我要表现出这种样子,如此强壮又如此有力。不是因为害怕自己的行为,而是因为这个地方。我告诉你们,希戈维亚这个村庄让我害怕。我所有的女友都生活在这里,她们都出生在这里,在这些蜿蜒的巷子里,幽灵遍地。我的守护天使住得离这里很远。即使我大喊大叫,她们也不会赶来救我。我甚至要承认这一点:这座村庄的肮脏已经像她们一样了。是真的,希戈维亚有一张和那些女人一模一样的脸,仿佛她们全都只有同一张脸,同一道嗓音,仿佛在我抛弃她们的那一刻,她们就变得彼此相像,而当我想要记起她们时,却没有一张脸浮现出来,取而代之出现在我面前的是这座村庄肮脏的形象。

正因如此,我也必须杀死这个地方。杀死一个人很容易,杀死一处地方却是天方夜谭。我能做什么:雇佣一个景物的杀手?给美国人打电话,说这里到处都是原教旨主义者?这里藏有大规模毁灭性武器?这甚至是真的,因为就是那些女人:她们相当大规模地毁灭了我。我不知道,我不知道,对于一个可怜的复仇者而言,生活并不容易。

啊,在我忘记之前,我想展示一样东西,让你们看看会不会有人能信任这种地方。在这儿,街上的路牌。这条街很有意思。这是一条……我们都说这是一条婊子街。很多婊子，淫乱不堪，确实如此。因为街道的得名符合它的功能。我记得那位葡萄牙上校在道别的时候热泪盈眶，感动不已，因为居民用他的名字命名了街道。可怜的上校，他还没上飞机，他们就取下牌子，涂上了另一个名字。于是就这样，有多少个名字，就打动了多少位访客。去看看那些混蛋现在有没有涂上我的名字：巴尔塔萨·福尔图纳。一条街道的美名：巴尔塔萨·福尔图纳！

我将会成为描述这个地方的人，等我完成自己的任务，斩草除根，这里就会成为巴格达[1]。行动：狡诈的复仇。更贴切一点："沙漠中的记忆"行动！茹迪特！到阳台上来，茹迪特。她假装没听见，她总是拖着不听人说话，就为了能晚点顺从。茹迪特，是我，巴尔塔萨，你的丈夫，我是说，你的前任……你前很多任丈夫。最前任的丈夫。是我，小萨……好吧，我把这该死的名字说出口了。小萨。这个小名也太羞耻了，小萨，我从来没在别人面前念出来，简直像是个同性恋的名字，我也压根不知道自己怎么会允许她这样称呼我。

茹迪特，是我……小萨，别太大声，别人还能听见呢。啊，她来了！茹迪特·马利马利，那条母蝎。那么，你看看

---

[1] 伊拉克首都。

我是谁……说吧？我不是来拜访你的，我是来杀你的。杀你。你不明白？杀——你。名词[1]"杀"，横杠，反身代词"你"。什么？不是横杠，是连字符？你们看看，我不是说了她浑身怪癖吗？这女人仍然很漂亮，但大概变得更愚蠢了。什么？我没听见，再说一遍……她现在说我不能杀了她，因为我很久之前就已经杀死她了。看啊，茹迪特，别讲这些废话，你总是爱耍小聪明，好像我会被一个女人骗过去一样，巴尔塔萨·福尔图纳，我可是给街道和大道命名过的人……什么？我早就已经取走了你的性命？茹迪特，等等，别走，回窗前来，我想和你谈谈，好好谈谈，茹迪特……

她让我走，让我为了上帝之爱离开这里。但什么上帝之爱，什么魔鬼之爱。我不是上帝的人，也不是祂的儿子，更不是继子。我不必遵守那十二条戒律……不能杀人，不能什么……我也不知道。

啊，是十条？！她纠正了我……我知道了，十条戒律。不管是几条，我都不会遵守。上帝遗忘了我，我早已不再为了获得宽恕而祈求祂的帮助了。我会自我宽恕，对吧？

你要去拿什么？茹迪特……好吧，她又进屋去了，说是要拿一样东西，我不知道是什么。也许是她学过的一本教材，只是想羞辱我。这女人有个执念，想成为作家。她写过

---

[1] 原文如此。

几句诗。我甚至还留着一首她的诗，为了用来擦她的鼻子。你们等等，我来读，哪儿去了，啊，在这儿。那么，好好欣赏吧。

    我从沉默中取出灵魂
    在绳上展开，晒干
    我假装那是衣服
    忘了晒干的衣服

    而你看着这块布
    不曾看见我身体之外的东西
    而在我的身体内部的这些
    对你而言，唯有空虚

    你总是为我说话
    你总是为我而活

弥天大谎……一个人怎能为他人而活？

    你总是为我说话
    你总是为我而活
    但那些我未曾说出口的话
    永远都不属于沉默

这便是你为何害怕我说话

也是你为何更害怕我沉默

    你们瞧，净是些毫无意义的东西，只有抱怨，诗歌的作用不过如此，堆砌抱怨而已，女流之辈的事情，上帝保佑，在这堆娘娘腔的玩意里浪费笔墨，只是读诗就该把荷尔蒙给弄脏了。我根本不知道自己为什么留着这堆废纸，肯定是为了现在能把它们在她鼻子里撕碎。

    唉，茹迪特，茹迪特。我知道你是什么意思：你说我害怕情感。你喜欢小鸟，喜欢鸟儿的歌声。而我厌恶这一切：鸟儿的歌声不过是在提醒我们自己的声音有多么渺小，哪怕是上帝，我们的同胞，也根本听不见。你记得吗，茹迪特，你曾经想养宠物。我曾想要一个水族箱，不过是个反向的水族箱：活着的玻璃，里面是了无生息的鱼。我受够了动物，我想要变得粗野，我厌倦做人了。愿上帝宽恕我，但我不宽恕上帝。为何祂给予我们生命，最后却又让我们死去？

    你看，茹迪特，你很惊讶？我也知道如何去思考美好，用事物的颜色和多姿多彩的气味来形容它们。你热爱阅读，那我就要给你写一句话，裸露在石头上的文字，墓碑上的一行诗句：此处安葬着一位女子，她的爱超越死亡，却因无人爱她而死。爱与死亡，差不多押韵，多么原初的两个词……

    啊，茹迪特，你又来了！看啊，我必须告诉你一件事，一件十分严肃的事，我没有时间了……什么？你去拿了几张纸？你这是在打断我……我现在不想知道那堆纸是什么，你也再不会想知道关于它们的事了。什么？让我说完，茹迪特……我听见了，那堆纸，那堆该死的纸是什么玩意？什么？我的诗句？我的诗句……但我什么时候写过诗吗？

她真是疯了，说我写诗……

对，说吧。那个封面，对，我记得，那个封面……别告诉我……是真的……不，别读了，我已经想起来了。看在上帝的分上，别再读了。我想起来了，我想起那些为你写的诗句了，刚一开始……你甚至说我抄袭罗伯托·卡洛斯[1]，你还有那些诗吗？茹迪特，你把它们留存至今了吗？我不敢相信……你想读吗？最好不要了，会被别人听见……那好吧，你读吧，但小点声读……

---

[1] 巴西歌手、作曲家，在巴西和拉丁美洲地区有"国王"的美誉，是巴西流行音乐史上专辑销量最多的个人艺术家。

V. 茹迪特·马利马利的话

我,茹迪特·马利马利。女记者,女诗人。我出生在希戈维亚的这座村庄里,是个雨天,在那个年代,几乎天天下雨。我甚至以为人们都是从雨中诞生的,每一滴雨水便生出一个人。我还以为出生的女人比男人更多。记得曾听我的祖父喊道:"天上在下女人。"而实际上,想必就是下雨了,因为他起码有三十来个女人。我的父亲,马图萨莱姆·马利马利,有六个女人,都住在同一个屋檐下。她们争抢他的身体:"双腿是我的。"其中一个女人声称。"双眼是我的。"另一个女人大喊。还很年轻的时候,我就对自己发誓,绝不接近任何一个男人,因为我宁可一直单身,也不愿只有丈夫身上第七个部分,或是十五分之一个丈夫。长大之后,有一天，我读了费尔南多·佩索阿[1]，于是灵光乍现。倘若我们可以成为许多人，为什么还要只做单独的一个呢？我对自己发誓，我要成为自己丈夫的两个妻子，或者四个，乃至七个，只要他想，我发誓能将自己平分为数个情欲的异名，每晚都是一个不同的女人，有时候是黑人，有时候是混血儿，或者红发女郎，有时候尝起来的味道是蜂蜜，有时候又是酸豆，有时候天真无邪，有时候又疯狂大胆。

我就是在那时认识了巴尔塔萨·福尔图纳。他从首都来，像是从一架飞碟上下来，光芒四射，讲一口英语。对我们而言，他身上的一切都很新奇，从女人一样精心修剪的闪闪发亮的指甲，到优雅的丝绸帽子。他似乎和所有人都关系亲近，政治家和诗人，企业家和运动员，都是我们只会在报纸上见到的人。我讲出一个重要作家的名字，然后他马上就会露出不屑一顾的微笑。"啊，他啊！我很了解他。他酗酒，喝酒比呼吸还多，而且脚还很臭。"要不就是："某某？啊，他的书都是他老婆写的！"

时至今日，我仍不知道自己究竟有没有爱上他，或者说，只是通过他爱上了他来自的那座城市。我指的是：爱上了那种对世界产生的亲近感，开怀大笑和高声讲话的自由，那些明确的观点，那种不堪的语言。的确，我从未真正对那

---

[1] 葡萄牙诗人、作家、哲学家，是葡萄牙最广为人知的诗人。

样的指甲感到习惯。我曾在一本女性杂志上读到过，说现在是那种浑身臭毛病的男人的时代。他们剃掉胸毛和眉毛，把指甲涂得花花绿绿。倒也行。不过我还是更喜欢我们这里的男人，希戈维亚的男人，有力的双手上布满老茧，胸膛粗糙又坚硬。一个没有胸毛的男人在我眼里就是一种错误，几乎称得上下流，好像一棵香蕉树结出已经没有皮的香蕉。

总而言之：在巴尔塔萨身上，我爱上的不是他本人，而是他来自的城市，国家的首都。事实上——正如我后来，或者说太久之后所发现的那样——首都本身也并不完全是一座首都。首都是一个农民，就像巴尔塔萨那样，留着精心修剪的指甲，戴着丝绸帽子，讲一口英语。

然而，我还是坠入了爱河。我深陷热恋，给他写诗。今天我重读了那些贫乏的诗句，却没能从中认出那个我曾爱着的小萨。他也没能认出他自己。有一次，他在我的钱包里发现了……他对于窥探我的钱包有种莫名的癖好……他在我的钱包里发现了一个小本子，里面有我为他写过的诗。他嫉妒得发狂。

"这家伙是谁？"

我记得我们当时正在餐厅的露天座位上。他读了我那些贫乏的诗句，用力地踢着桌子，把其他客人都吓到了：

"给我你干渴的嘴唇／你明亮水润的双眼。"

他大喊：

"你写的这堆废话是给谁的？！我要杀了那家伙。我可有持枪执照。我要给那家伙一枪，然后再来杀了你！"

我试图安抚他：

"但都是为你写的，亲爱的，这些诗句是我为你写的！"

然后他喊得更大声了——巴尔塔萨的嗓音很好听：

"水润的双眼？！我有一双水润的双眼？！看我杀了那家伙！"

可惜他没有杀成。不如说，巴尔塔萨很喜欢他自己。又有一次，他眼中泪光闪烁，感动地对我说，我觉得那差不多就是一句爱的宣言了：

"我宁愿死也不想看见你成为寡妇！"

在那之后，一个晴朗的日子里，他消失了，而我知道他已经回首都去了。随后的几个月里，我写了很多东西。充满绝望的冗长诗句。众所周知，爱情的悲哀对文学大有裨益。而如今，我已经把他忘了，他却回来了。

我听见他在街上大喊我的名字。巴尔塔萨总是很喜欢大喊大叫。他的声音仍旧很好听。我走上阳台，他就在那里，戴着他黑色的丝绸帽子，脸庞出众极了。所有那些熠熠闪光的事物，在从前的我眼中宛如一道光环，好像祭坛上的圣人头上的那种，然而现在我却意识到那不过是汗水：巴尔塔萨身上焕发出的不是成熟教养的光芒，而是脂肪的光芒。纯粹就是脂肪。

"我不是来拜访你的。"他对我大喊道，"我是来杀你的。杀你。你不明白？杀——你。名词'杀'，横杠，反身代词'你'。"

我笑了。巴尔塔萨这是要用糟糕的语法来打死我。作案凶器，法官先生？无意间的遁辞和提喻法[1]。对规则的无知，或是自然而然的错误倾向，但这些都无法减轻罪行的可怕。我对他说，我不害怕他。

巴尔塔萨气急败坏：

"你去当个处女，一直当个处女，然后就能看见自己会停在哪里……"

犯过许多错的人总是能收获正确的结果，没有什么能比诞生自错误的正确更加美好。毕竟弗莱明[2]就是从错误中发现了青霉素。佩德罗·阿尔瓦雷斯·卡布拉尔[3]也犯过许多错，花费了漫长的时间，跨越辽阔的世界，穿过之前从未有人航行的海洋，最终抵达了韦拉克鲁斯[4]的土地。

"艺术家就是大自然的一个错误。贝多芬就是一个完美的错误。"这句话是我从一位名叫曼努埃尔·德·巴洛斯[5]的巴西诗人那儿偷来的……

我的意思是，巴尔塔萨犯错，犯了很多错，最后做对

---

1 二者皆为修辞学名词，前者指使用大量不必要的词汇来委婉曲折地表达观点，后者指借事物本身所呈现的现象来表达该事物。

2 亚历山大·弗莱明，英国细菌学家，生物化学家，1928年首先发现了青霉素。

3 葡萄牙航海家，被认为是最早到达巴西的欧洲人。

4 位于墨西哥东南沿海，是墨西哥东岸的最大港口。

5 20世纪巴西诗人，代表作是1996年发表的《虚无之书》(*Livro sobre nada*)。

了。我拿他换来了一位处女。一个二十岁的女孩，名叫埃斯普伦多利娜。我不为她写诗。我不需要。埃斯普伦多利娜就是我的诗歌，而我钻进了她的身体，穿过她的双臂，穿过她的双腿，永远不知道会在何处停下，也根本不想停下，根本无法停下，因为我很清楚，在我停下的时候，世界也会停止，行星都将停止，惊惧得一动不动，群星的歌声也将在无边无垠的宇宙中沉寂，还有上帝，会惊恐万分地走出麻木不仁的状态，为一个崭新的开端发号施令。

所以，我不会停下。

VI. 重叠（第一部分）

我不知道自己有什么。我不知道。只是我今天不太想活了。面对所有这一堆的失败，谁知道这趟该死的希戈维亚之行给我带来了多少负担？！我父亲说过：只有不懂爱的人才会想要复仇。我的父亲，恕我直言，他就是个狗娘养的。一个虚假的母亲的真实的儿子。我的祖母，父系那一边的，是有许多亲缘关系的祖母。愿上帝原谅我，但那不过只是亲缘关系而已。她死后，棺材大开，等着最后一个人过来合上盖子。最后一个人根本没有来，她就一直那样子待着，死亡半敞开来。谁知道我有没有继承这一悲哀的命运，活得不长，死不足道？即便是现在，我也既不知道自己讲述的是正在发生的事，还是已然在梦中发生过的事。

这一次，我做了梦。我做了梦，朋友们，我做了梦，不对：我做了噩梦。因为那是一个黑暗中的洞穴，我难以记清这个该死的梦。但我要讲出来，我需要讲出来，好让自己摆脱这种负担。梦是这样的……唉，可恶，回忆起来还是让我浑身发抖……我走在那条婊子街上，太阳已经落山了，蓦地，我听见了一声枪响，却完全没感觉出被击中的正是我自己。我的胸前有一个洞，一个空荡荡的洞，甚至根本不疼，我想抓紧自己的胸膛，但我已经没有胸膛了。上帝啊，若是我没有胸膛，那颗肮脏的心脏去哪儿了？然后，在我寻找自己的身体时，那些女人，我生命中的那三个女人聚到了我的四周，目睹我的结局，我爬着寻找自己的血，但哪里都一滴血也没有，我的上帝啊，我快要死了，但还没死，我便哀求着，女人们，姑娘们，看在上帝的分上，别杀了我，我是巴尔塔萨·福尔图纳，四十九岁，我到这里来，不是为了杀害任何一个人……我是想说，起初，一开始，最开始的时候，我确实有所企图，但是……拜托了，不要杀我。你们知道她们说了什么吗，在梦里，那几个女人说了什么？她们说：我们不需要杀了你，我们已经在自己的身体里杀死你了。你已经很久没有活在我们的生命里了。她们就是这么说的。这比死亡还惨，比离世更惨。看在上帝的分上，能说出这种话吗？即使是梦中，能说出这种话吗？去他妈这帮女人，要抹去我们的存在，她们甚至不需要杀死我们……

我说了很多话，说得很大声，说得太多了。持枪者没有说话。克林特·伊斯特伍德[1]、兰博[2]，这些家伙没有说话。这部电影甚至不需要声音。如果我保持沉默，我的复仇本该已进行到第二版了。现在，还只是……看，顺带一提，我还没意识到的时候，已经到了：就是这间房子。我的第三位受害者就住在这里，埃尔梅琳达·费蒂尼亚。

埃尔梅琳达是一桩严肃的案子，我们的恋情诞生得像个玩笑，"打了就跑"那种，然而结果却像是刺入的鱼钩，扎进了肉里，出不去了。要想取出来，必须撕裂身体，撕碎灵魂。埃尔梅琳达，小巧的女人，她不得不这样子抬起双眼，仿佛一只小鸟面对着天空……这种娇小体型的小姑娘怎么能把一个男人的生活填得满满当当呢？

---

1 美国演员、导演、电影制片人，代表作为系列动作片"镖客三部曲"。
2 约翰·兰博，动作片《第一滴血》男主角，由西尔维斯特·史泰龙饰演。

Ⅶ. 埃尔梅琳达们的话

晚上好，我是埃尔梅琳达·费蒂尼亚，母亲……

……而我是埃尔梅琳达·费蒂尼亚，女儿……

……我这个女儿！生下她的那天晚上，我梦见自己从她的身体里出来了……现在哪怕在睁着眼睛的时候，我也总是想起这件事，她是我的母亲，而我其实是她的女儿。

……日渐衰老后，妈妈开始出现这种疯狂的想法，以为她是我生的，以为我是她的母亲，而非相反。要是我让她清醒一点，她就会大发雷霆，所以我只好假装事实如此……

……一个巫医对我说："你母亲的灵魂化身为埃尔梅琳达。"那时我才理解了那个梦。那个巫医是一位非常富有智慧的女性。她还对我说，我父亲的灵魂化为一条石斑鱼。自那时起，我就再也没吃过石斑鱼……

……清醒一点，母亲……！

……现在年轻人的问题就在于都不相信梦了。要是梦境没有用，我们为什么还要每天都睡八个小时，九十年的一辈子里要睡三十年？为什么我们还会做这么多梦？

……我不喜欢做梦，因为梦境比生活还要更加不可预料……

……事实相反，梦境就是地图，能帮我们在生活中指点迷津。那些不知道怎么解梦的人，那些人，没错，他们会迷失方向……

你没梦见过我父亲吗？

我梦见过自己迷失在了丛林里。天色昏暗，我害怕极了。然后我看见了一棵树，开着漂亮的黄色花朵，我靠近了过去。那棵树很高大，宽阔得宛如一棵猴面包树，还有一个洞，是一种小巧的门。我走了进去，感觉是个不错的栖身地。我筋疲力尽，坐下来便睡着了。当我醒来的时候，我还在那棵树里面，但已经没有什么洞了。那棵树已经合拢，我成了个囚犯。后来我才意识到，那棵树就是他，巴尔塔萨·福尔图纳……

……真倒霉……!

别这么说，埃尔梅琳达！我不喜欢听你这么说！毕竟他给了我一个女儿，就是你，我的女儿！与此同时，他还把我还给你了：我的母亲！

你可能已经忘了，妈妈，但他对你做的那些混账事，我都还记得很清楚。他把你关在家里，不让你离开。他想让你的美貌只属于他一个人，就像是要把落日关进一只鸟笼里。他甚至会嫉妒镜子……

……我记得这些。巴尔塔萨不喜欢镜子。

嗯！他觉得可能有什么人在镜子的另一边看着你。他把家里所有的镜子都打碎了。我还记得他赤脚踩在那些碎片上跳舞，地板上满是鲜血，他却一直在跳舞。

……你还记得这些？！你当时还很小呢，女儿……!

我也记得他从南非回来的时候生了病，消瘦得像是一根芦苇，仿佛失去了一切实体，我觉得他走起路来都不会在沙子上留下脚印，而且行动迟缓，变色龙一样。即便如此，在床上，他又总是做好了战斗的准备。我在自己的房间里时常听见他想向你调情。

……女儿，别羞辱我……!

你让他用避孕套,但巴尔塔萨不用,他是个非洲男人,有大写字母"H"的男人[1],而且什么都大,因为在成为一个男人的方式中,成为非洲男人是最有男子气概、最大不可量的方式。啊,白人的避孕套没有考虑到当地现实、文化特质,尤其是形态上的。我似乎还能听见他在喊声:"我,巴尔塔萨·福尔图纳,没人能让我戴套!"而你也就是这样病倒的……

……他是我的丈夫,他要做什么……?!

之后巴尔塔萨变得越来越瘦,越来越轻。或许那时他身上已然是欲望多过实体。只是依靠单纯的仇恨来维持生命。

他死了?我都不记得了……

我想是的。有一天他出现在了这里,敲了敲门。我打开门,但他甚至都没认出我来。于是我的心脏发紧,为他感到一丝可悲,我看见他那个样子,那么憔悴,那么孤独,我让他进屋,坐在那里,那个沙发上。我告诉他这条街道现在以他的名字命名了,而这个倒霉蛋相信了。那就是爸爸最大的雄心了,对吗?一条以他的名字命名的街道……

---

1 一种葡萄牙语通俗表达,指单词"男人(homem)"的首字母 h,而"拥有大写字母 H 的男人"则强调在作为男性本身获得女性青睐之外,还要表现出温和、活力等优良品质,具有男子气概。

……你父亲有过这个执念。你出生的时候,他想让你叫九月二十五日[1]大道。我还说"那就叫塞滕布利娜[2]吧",但他不接受。不行,不行,必须是九月二十五日大道。巴尔塔萨说,以后,等你死了,人们就会认为马普托的那条大道是以你的名字命名的。或许吧……

---

[1] 莫桑比克的"革命日",纪念1964年9月25日莫桑比克解放阵线与葡萄牙之间爆发武装冲突,其后的1975年莫桑比克独立。
[2] 名字"塞滕布利娜(Setembrina)"由单词"九月(Setembro)"变形而来。

Ⅷ. 重叠（第二部分）

好吧，我告诉你们，我根本不知道究竟是发生了什么事，还是我梦见了什么东西，我现在已经不知道区分那些调情话的界限了。我到了，敲了敲这扇门，你们肯定想象不到发生了什么。出现的不是埃尔梅琳达，而是一个年轻女孩，很漂亮，漂亮得让我汗毛倒竖，她是谁？是埃尔梅琳达的女儿。是她的女儿！可以说，就是女儿。因为她不是任何人的女儿，她是一个诞生自世界之外的女人，直接从天堂而来。她的嘴唇，她的嘴唇就是眼睛，眼睛就是嘴唇，她是如此美丽，乃至身上的一切都混杂在了一起，而我的心脏停止了跳动。在我胸膛里跳动的是另一样东西。她注意到了我的着迷，这个女人，小婊子，背靠在门上，门半开着，而我大张着嘴，她的衣襟半敞……我要对你们说，一个女人打开了一扇门，我觉得这种事颇具勾引意味，哪怕只是半开着，那也已经是一种应允，一种邀请，而这个女孩手臂的姿态，在我看来，在那一刻，敞开的不是房门，而是床单，唉，我的上帝，我光是回想起来，就浑身出汗。

于是，那时，我忘却了一切，忘记了我作为杀手的任务，忘记了来到这里是为了寻找埃尔梅琳达·费蒂尼亚，全都忘了，而我脱口而出的是接下来这句话：

"你有一双最漂亮的眼睛……"

"有人对我这么说过……"

"但我在语法上强调了这点，'漂亮的眼睛'，用最高级，比完美更进一步的最高级。"

她笑了，然后……该死……我迷醉了。我的身体里有一个声音在提醒我："巴尔塔萨，别忘了是什么让你来到这里的，别再一次陷入欲望了。"

但那个声音已经来晚了。而这个女孩的存在不断扩展，填满了我整整二十五条亲缘家系……然后她问了我一些事，她的嗓音就是爬过的毒蛇，我知道，夏娃就是这样初次施展她那些恶毒把戏的……最终，我彻底沉醉于这个女孩的调情话里，突然，她的话令我震撼不已。

"我觉得先生您彻底搞错了……"

搞错了？是的，她完全说中了。搞错了，我从出生开始便搞错了。我搞错了生活，搞错了身体，搞错了命运。尤其是，我搞错了女人。

"先生您搞错了,您一定是在找另外一个埃尔梅琳达,不对,这里不是您提到的地址,那个埃尔梅琳达应该住在另一条街……"

"另一条街?"

"因为这条街,"她说,"这条街名叫巴尔塔萨·福尔图纳街。"

唉,我的朋友们,我的心怦怦直跳,我被自己心脏的搏动给绊了一跤。

"不好意思,年轻人,你刚刚说这条街叫什么?"

"巴尔塔萨·福尔图纳。"她说着,整了整衣襟,我的眼睛正牢牢盯着那里。

我宽和地笑了:

"再问一下,不好意思,亲爱的,但不可能叫这个名字,因为我就是巴尔塔萨·福尔图纳……"

那一刻,轮到她大吃一惊。

"这不可能,亲爱的先生……因为之前那个,那个叫什么福尔图纳的,很久以前在我面前出现过……他曾经站在这里,就是您现在的位置……"

"他来做什么?"

"他是个奇怪的家伙。他来找我母亲谈话,在此之前还和茹迪特女士与玛丽安娜女士谈过,她们住在更靠下一点的地方。那个巴尔塔萨走过这里,到处敲门,声称他是来杀……"

"不好意思,亲爱的,他成功杀死她们中的某人了?"

"没有,恰恰相反。"

"怎么恰恰相反?"

"最后死的是他。您看,他就是在这儿死的,就在我们家。"

我干咽了一下,就连空气都无法通过我的喉咙,我感到慌乱无措。

"悲剧发生的时候,小姐您在场吗?"

她笑了。

"但那算什么悲剧,看在上帝的分上,您是作家,还是诗人?那家伙不过是在沙发那里徘徊踱步,没有人哭,甚至没有人浪费时间谈论这件事。"

"那些女人也没有?"

"什么女人?"

"好吧,你母亲,埃尔梅琳达夫人。还有,谁知道呢,玛丽安娜或是茹迪特……"

"没有,她们的反应就像是什么都没发生。"

我已经离开了,一切都崩塌了,我拖着两条腿,仿佛躲藏在我自己的墓穴底部,突然,我想起来问道:

"但街道的名字呢,为什么这条街会叫这个?"

"啊,那个名字?那个名字是那三位女士向市政秘书处提出来的,为了铭刻她们口中所谓永恒的纪念。"

"她们为什么要这么做?"

"谁知道呢。嘿,您看起来十分悲伤,出什么事了?过来,我不想看见先生您这么垂头丧气的……过来,进来吧。"

"我不知道我是否应该……"

"应该,好了,进来吧,坐到这个沙发上……"

"但他不就是在这个沙发上……"

"来吧,坐下,我坐在您旁边,您看起来像是被一股寒意击中了,看看,您的手多冰啊……把手给我,对,任自己走吧,任自己沉下去,您看这种感觉多好,让我们放弃自己,沉进比大海还深的深处……"

IX. 埃尔梅琳达们的话（第二部分）

他坐在了沙发上，而我递给他一只手，帮他再死一次。我也不知道他要死多少次，最终才能相信自己已经死了。他是个相当顽固的死者，你的巴尔塔萨……

那我们呢，我的女儿，我们活着吗？
我不知道，妈妈。以前这个问题让我很害怕。但现在不会了。你听外面的声音。下雨了。

我们是女人，我们就像这场雨。
雨下得好大啊，妈妈！

黑匣子

客厅的其中一面墙上挂着三张非洲假面,看向未来——但什么都没看见。几张沙发疲倦又悲伤,带着一种逆来顺受般的忧郁,宛如医院病床上濒死的患者。老卢西尼亚正在厨房里煮一锅汤。她手上拿着一把刀,来来回回踱步。

"几点了?维多利亚呢,她还没来……我这个孙女老让我头疼!几点了?"她在一座老旧的报时钟旁边停了一小会儿。"这座钟?从来没运转过。是我女儿挂在那儿的,她一直都看不起时间。维多利亚也一样,我的孙女。她给了我这座静止的时钟,让我记住,对她而言,时间停留在了她的丈夫……总之……就那一刻……"

远处传来一声枪响,搅乱了黑暗。一片寂静。

"一声枪响。有时候甚至不必去听射击的声音。众所周知,有人开枪是因为随后出现的寂静。一种空无的寂静,没有生,没有死,什么也没有。我也不知道为什么,这样死气沉沉的世界让我想起了鸟儿。记得我还是个小女孩的时候,在我们家的老房子里,当时我是个假小子,整天爬树打球。我父亲看着我说:看我家的假小子!我的假小子……我时常捉鸟,但不会把它们关进笼子里,而是困在房间的阳台上。非洲榕树的汁液在地上漫延开来,那是一种黏稠的白色汁液，会粘住穷困潦倒之人的双脚。鸟儿歌唱着，而周遭的一切却都沉默无言，陷入一种和此处相似的寂静之中。愿上帝宽恕我们当时做过的事。哪怕是今天，当我看见一棵非洲榕树，我还会回想起流淌在它体内的那股黏液。对我而言，非洲榕树并不完全是一棵树，而是一个有着枝杈和叶片的鸟笼。"

一本被丢在厨房凳子上的书引起了她的注意。

"瞧瞧这个，到处都是蚂蚁。"她晃了晃书，然后用拇指把虫子碾死，"它们在书本里到处乱爬，该死的东西，好像正在从字里行间往外冒，如同逃离了书页的小字母。也只有我会把书带到厨房里，要是维多利亚现在过来，一定会很生气：'奶奶，你看你，一只手拿着刀子，另一只手拿着诗歌。'我快疯了，总有一天，我会发觉自己在和蚂蚁讲话。不过是有时候，我感觉自己太孤独了。枪击，枪击，还有我待在外面的孙女。我多希望自己能静静地老去，没有这座该死的城市，这座城市就是我的囚牢。"

她在客厅里的一张皮沙发上坐下，身板笔直，随后措辞得体地高声念道：

"死亡 / 宛如一个向远离大海之处冲去的人 / 而在最后的一瞥中 / 他看向这个世界 / 仿佛仍能对它心存爱意。"

外面传来一阵声音，一阵清晰的笑声。门开了，走进来一个头发茂密的女孩，她穿着一条黑色的裙子，又紧又短，展露出敏捷修长的身体。她脱下高跟鞋，跳到地板上。她摇晃着一头乱发,仿佛从夜晚的阴影中获得了解脱。老人把书放到腿上。

"维多利亚,我的孙女!现在是回家的时候吗?"

女孩跳进另一张沙发,给老人看她裸露的手腕。

"我没有什么到家或是出门的时间,奶奶。我没有时间!我讨厌时间,比长虱子还讨厌。必须要捉住那些时间,奶奶,在它们吸光我们的血液之前捉住。"

"我很担心你。"祖母斥责道,"这座城市很危险。每晚我都能听见枪响。"

"那是烟花,奶奶,是人们在庆祝。"

"那是枪击,姑娘,别以为你能骗过我。多年来,我学会了判断每一种武器的腔调。我能轻易分辨出一把 G3[1] 和一把卡拉什[2]。听啊!现在这是一把马卡洛夫[3],没错,我能肯定,是一把马卡洛夫。"

"枪击,烟花,奶奶。不管是什么,都是为了庆祝。"

"那他们这是在庆祝什么?"

"生命。人们都活着,所以要庆祝。"

"他们制造枪响来庆祝生命?"老人发出嘲讽的咂舌声,"瞧瞧,我这一小锅汤煮好了。你要吗?"

---

1 G3 自动步枪,由德国黑克勒-科赫公司于 20 世纪 50 年代研制。

2 卡拉什尼科夫系列步枪,由苏联著名枪械设计师米哈伊尔·卡拉什尼科夫设计。

3 马卡洛夫手枪,由苏联著名枪械设计师马卡洛夫设计。

"不了，谢谢，奶奶。这是什么书？不是我父亲那堆书里的一本吗？看啊，您看见这群蚂蚁了吗？"维多利亚把书从老人的膝头上夺走，面色惊恐地摇晃，"这么多蚂蚁！这个国家真是糟透了，蚂蚁都开始啃书了。"

"那是因为书里有最富智慧的词汇。"

"您该出门了，奶奶。您整天都在这儿屋门紧闭地过日子。"

"出门？出门就像是苏醒。只有为了新的一天，才值得这么做。"

"您会在屋里腐烂的。您甚至都不往窗前走走。"

"你不懂，我的孙女。外面没有我的容身之地。这座房屋外面的事，我已经什么都不知道了。好像我正进入一个不属于我的时代。"

"所以我才没有时间，奶奶，我不为任何时代所困。我属于所有的时代。我永远不会变老。"

老人笑了，笑声干瘪又僵硬：

"会的，你会的。有一天你醒来时，已经老了。这件事发生得毫无预警。一天下午，你会像我现在这样，半梦半醒地一个人读着书，那时，它就会降临了。"

"它会降临，奶奶？什么东西会降临？"

"时间！时间会从某侧一跃而出，或者一口气从四面八方同时涌出，就像一只老虎，就像几十只老虎。当你看向镜子里的自己，你会看见一个人老珠黄的女人。所有家具中，镜子是最大的叛徒。我痛恨镜子。"

一阵枪声和爆炸声响起，越来越近。老卢西尼亚颤抖起来。

"他们今晚庆祝的兴致很高啊。"

维多利亚舒展了一下她完美的身体，令人想到一只伸懒腰的猫咪。

"今日我全部庆祝过了，亲爱的奶奶。我没有别的要庆祝的了。我要睡了。"她站起来，吻了一下祖母，随后便离开了。然而，走到门口前，她又停了下来。"奶奶……？"

老人无精打采地抬起了手。

"我知道你要问什么。不，你的母亲……我不知道，我的女儿，想起她就让我难过，不过我不相信她还活着。而且，即使她活着，也不会来找我们……"

"只是我做过太多的梦。"

"我也一样。这是一种途径，让我感觉她还活着，感觉她就在这里，和我们在一起。"

"我梦见的不是母亲，奶奶。我梦见了父亲。"老卢西尼亚没有回答。维多利亚挥手告辞，没有关门。她走进自己的房间，难过地脱下裙子，扔到一张椅子上。她解开胸罩，脱掉内裤，穿上一件宽大的T恤，然后躺下来，关了灯。

老卢西尼亚的目光在维多利亚的房门上停留了一会儿。她摇了摇头，神情无奈又悲伤。

"这个女孩，她懂什么生命？只有接近死亡的人才懂得生命，这首诗不就是这么说的？或者是我说的？"她重新把书拿起来，大声读道，"死亡，死亡／向词汇／道别之后，一个接一个。／然后，最终，／只剩下唯一一个事实：／没有任何死亡／足以令人放弃生存。"她静静地往下读，听见更多的枪声响起，又转过头，叹了口气。"我实在太累了。我读过的枪击和读过的诗一样多。而我这样一个埋葬在这座房子里的人，如何能让孙女看到生命呢？"

维多利亚房间的窗户朝着街道。一张脸探了出来。不像是人类的脸。一只手推了推窗户玻璃。是一个男人，穿着一身老旧的军装制服，头上罩着一个由木头和纸板制成的狼面具，十分粗糙。他悄然无声地跳进屋里。客厅里，老卢西尼亚还在阅读。那个男人缓慢地在维多利亚身上弯下腰，狼鼻挨上女孩的脖子，嗅闻她的味道。他嗅着她的身体，宛如一只虫子。突然，原本敞开的窗户被大风刮得关上了。那个男人惊慌地直起身。维多利亚喃喃了几句，但没有醒。老卢西尼亚吓了一跳，停下了阅读，站了起来。她走向孙女维多利亚的房间，打开门，发现那只狼俯在孙女身上。匆忙之间，蒙面人从口袋里掏出一把弹簧刀，横在女孩的脖子上。他轻声说道：

"安静，老太太。不许喊！"

老卢西尼亚后退着，小声说：

"我不会喊的，先生。冷静点。"

"我要砍了这姑娘的脖子，然后再砍了你的。把你们两个人都杀了。"

"我明白了。为什么不先把刀收起来,我们谈谈?"

"谈谈?谈谈可填不饱肚子……"

"我们别再说杀人的事了,小偷先生。把刀收起来,到厨房来。我们谈一谈。你刚刚说饿肚子。你饿了吗?"

"我不想谈。"

"到厨房来。我给你热一碗汤。"

蒙面人犹豫了。他看了看熟睡的女孩,又看了看老人。最后,他下定决心:

"那就走吧。但我可不想吃垃圾,你听见了吗?"

那头狼跟着老人走去厨房,手上始终紧紧地攥着刀。他在一张凳子上坐了下来。老卢西尼亚递给他一块面包,给他抹上奶酪和黄油。他掀开一点面具,却咬不到面包。

"摘掉面具岂不是更好?"老卢西尼亚提议,"我可以在您吃东西的时候转过身去。"

"闭嘴。我很清楚你要干什么。"

最后,狼找到了一个舒服的位置,大口吞咽下面包,没人能看见他的脸。老卢西尼亚热上汤。

"您当过兵?"

"我不知道。我都不记得了。有许多我不愿回想的事。"

"我对遗忘渐渐熟练起来了。"

"你不会比我更熟练,老太太。为了遗忘和被遗忘,我做过许多训练。最优雅的死法就是被人遗忘。说起死,那碗汤好没好？我要饿死了。"

老卢西尼亚递给他一碗汤。她摇了摇头：

"您又说起死了。给你。等会儿，我去拿个勺子。"

蒙面人没理她。他不停地喝着碗里的汤，然后把碗放到桌上，心满意足地摸了摸肚子。

"很好喝，老太太。我真怀念这汤。"

"怀念我这碗汤？！"

"汤！怀念一碗这样的汤。"

"人们永远不会忘了我的汤。"

"永远？"

"永远。我不会作诗，所以我就做汤。换句话说，我做汤，就像有些人作诗一样。"

狼叹了口气：

"一碗普普通通的汤怎会让我们内心感到如此充实。"狼起身查看那本书。他随意地翻开，似乎是读了读，几秒后就放弃了，转身面向老人。"你的书里全都是蚂蚁。"

"是我的错，把书放那儿吧，放凳子上，这群蚂蚁一会儿就变得满书都是。"

"哪儿都是蚂蚁。一切都是蚂蚁。就连人们体内都有蚂蚁。尤其是人们体内。你觉得呢？女士，体内就是一个蚂蚁窝，一个人形的白蚁窠。"

"别讲这些。"

"我就要讲，我就要讲。我永远忘不了：有一次，我朝一个白人开了一枪,那家伙都已经四肢离地,瘫在路上,大张着嘴。几分钟之后,蚂蚁开始冒了出来。啊,好多,好多蚂蚁。他的周身变得一片昏暗。伴着夜色,蚂蚁从那个白人的身体里冒出来,随后又逃窜走了。从那时起,我便自问:我们体内到底有多少阴影?是虫子和黑暗占据了我们的体内。有些人的身体里更多是虫子,另外一些人则更多是黑暗。"

"这些话吓到我了,我们别再说蚂蚁了。您出了好多汗,不想摘掉那个面具吗?"

"你好大的胆子?!是我不小心给了你一点胆量?别说废话了。来吧:珠宝呢?!你有珠宝吗?去拿珠宝来。"

狼一边说着,一边大幅度地挥手,不小心把碗丢到地上摔碎了。声响惊醒了维多利亚。女孩起床,走进了厨房,身上只穿着睡下时换上的那件白色 T 恤。她睡眼惺忪地在灯光下呆站了一会儿。

"抱歉。我不知道有人来访。我只是来拿一杯牛奶。"

老卢西尼亚朝她走过去,像是要拥抱她。她犹豫一下,把孙女往走廊推出去。

"回你房间去,孩子。我这就给你拿牛奶。"

维多利亚冷淡地推开她,面向那只狼,微笑着说:

"您这位朋友是谁?看起来像是从一支狂欢节游行队伍里出来的。我喜欢这个风格,呀,我可喜欢了!稍微有点过时,但我们大家不都过时了吗?"她走向冰箱,打开门,取出一瓶牛奶,对着瓶口喝起来。一条白线沿着她的嘴唇流过，被她用空着的那只手的手背抹掉。"这个面具真漂亮。我们看向先生您，看见的是一匹狼。先生您是一匹狼？您是一匹恶狼？"

老卢西尼亚又朝她走过去，显得忧心忡忡：

"小心，孩子！小心那些碎片，地上都是玻璃，而且你还光着脚，会被划伤的。回你房间去，回你房间去吧……"

维多利亚没有理睬她的祖母。她在一张凳子上坐下，面对着那匹狼。T恤掀了上去，露出她赤裸的大腿。但她没注意到。

"我们所有人都应该戴上一副面具，展现真实的自我。比如说我，我会戴一个水母的面具。我看起来非常无害，但我自己知道，若是有人妄图抓住我，我就会燃烧。甚至连我喜欢的人都被我灼烧了。我无法拥抱他们，无法爱抚他们，因为我会灼烧他们。"

老卢西尼亚摇了摇头。

"你差不多光着身子呢，地上到处都是玻璃。我去拿把扫帚来。但要先拿条毯子，太羞耻了。"

"这是我的奶奶啊！我不会灼烧她的，她是唯一能拥抱我的人，是唯一一个我不会灼烧的人。"

"唯一的？"狼问道。

"但别误会了她的行为举止，这位老人只对我温柔。面对这个世界，她就必须得戴上一副鬣狗面具了。啊！一副好看的鬣狗面具！"

老卢西尼亚回来了，一手提着毯子，另一手拿着扫帚。她用毯子裹住孙女，然后开始扫地。

"噢，孩子，看在上帝的分上！你说过的蠢话……"

屋外驶过一辆汽车，音乐声震耳欲聋，节拍狂乱，在墙面和家具之间回响。维多利亚站起身，把毯子往凳子上一扔，练习了几下舞步。在电灯刺眼的光线下，她似乎完全裸露着身体。枪声响起，比音乐更加有力。汽车开走了。老卢西尼亚把毯子盖回孙女身上。

"音乐和枪击，战斗和哀悼，庆典和死亡。"老人说，"太可怕了，仿佛一切格格不入的事物都在我们的世界里和谐统一。"

"我们的，不对。"狼用失魂落魄的嗓音争论道，"是他们的世界。他们和我们不一样。"

维多利亚松开毯子，把凳子拽到狼的旁边，面对着他坐了下来。现在换她来闻他的味道了。

"确实，我们是年轻人，我们英俊漂亮。"她说着，露出一个恶心的鬼脸，"您该洗澡了，恶狼先生。死人都比您好闻。"

狼挪开了凳子。他转身面向老卢西尼亚，音调还和之前一样：

"他们和我们不一样，老太太。他们是战斗的孩子。他们独自长大，而我们却在自相残杀。"

"我有时也有这种感觉。"老夫人坦言，"我们身处废墟，就像外面那些楼房一样。"

维多利亚发出一阵吓人的大笑：

"外面的哪些楼房，奶奶？您得稍微出一下门，去走走。已经没有楼房是废墟了。现在的楼房都是新建的。外面的一切都是新的，全都光芒四射，全都是未来。过去早已不存在了。过去结束了。"

狼又挪了一下凳子。

"您不离开是对的，老太太。这姑娘说得对。他们夺走了我们的一切，包括过去。"

"我必须独自养育她。"老卢西尼亚感慨道，"我时常觉得自己出了错。"

"她母亲怎么了？"狼问道。

"我从来就没有母亲也没有父亲。"维多利亚说，"我是奶奶的女儿。"

老卢西尼亚摇了摇头：

"她母亲在战争中失踪了。"

"我已经不是小孩了，奶奶。"维多利亚抗议道，"我很清楚发生了什么。"

"她知道？！"狼大吃了一惊，"她知道？"

"我母亲没有在战争中失踪。她是在产科医院失踪的。她等我出生，然后就走了。她抛弃了我。"

狼叹了口气：

"有时候存在一些不可抗力。"

"是战争。"老卢西尼亚插话道,"战争让人们失去了理智。"

"我母亲爱上了一个士兵。那个男人,没错,他失踪了。那个男人,我从没见过那个男人,却简直感觉自己很想念他……"

"你母亲当时还是个小姑娘,就是你这个年纪。"

"我母亲痛苦得疯了。我读过她的日记。"维多利亚转向恶狼,"想让我给您读两页我母亲的日记吗?"

"胡闹。"老妇人训斥道,"你不能这么做!"

"为什么不能?"

"你会打扰到我们的……我们的……"

"我们的客人?"

"我不介意。我甚至挺想看看那本日记。"

"看见了吗,奶奶?我去拿……"

"我只是想看看。让我看看就行了。我不想让您读给我听。"

"为什么不?"

"我没时间了……我不想听一个死人的声音……"

"死人?!谁跟您说我母亲死了?她失踪了。"

"对,失踪了。"祖母肯定道。

"我去拿日记。"

维多利亚站起来,走向她的房间。老卢西尼亚把脸靠向恶狼面具,愤怒地低声斥责:

"你给我走！趁现在快走！消失！"

"想都别想。珠宝呢？"

"什么珠宝？我没有珠宝！"

"那你手指上的戒指呢？把那个戒指给我！"

"我不给。那是我母亲的戒指，是她的祖母给她的，已经在我们家传了三代了。"

狼从口袋里掏出小刀，打开来，贴到老太太的喉咙上。

"把戒指给我，混蛋！"

"拿去吧。戒指没了，至少手指还在。"

狼把戒指收进口袋，随即却猝不及防地抓住了老卢西尼亚的手。

"现在是手指！"

老卢西尼亚挣扎着想抽回手。

"放开我！放开我！"

狼放声大笑。

"我改天再来取你的手指。"

维多利亚在这时又走了进来，晃了晃一个粉色的笔记本。狼急忙把小刀放到桌上。

"我母亲的日记！坐下！你刚刚在说手指，说你要拿走什么手指……我记得……稍等，我这就找到了。"

在维多利亚浏览笔记本的时候，祖母和狼坐了下来。女孩在他们面前坐下，随意地翻开日记，开始读道：

"'我梦见自己在一间不属于自己的房子里醒来。苏醒的时候，我发现自己的双手上布满了手指。我数了数。右手上有二十五根。左手上有三十二根。一部分手指上没有指甲。另一部分甚至更加发育不全，只是短小的海绵段。真讨厌，我想，但没有什么是解决不了的。我找来了一把剪刀，然后开始把多出来的手指剪掉，边剪边吹出口哨的曲调.'每次我读到这里都笑个不停。我母亲给所有的梦都做了记录。这个梦，关于手指的梦，我可太喜欢了！你们想让我再读一遍吗？"

"太可怕了！"老卢西尼亚试图把日记从孙女手中夺走，却被她躲开了，"我们这儿有一种习俗，会把小偷的手指砍掉。几天之前，我在下面楼梯那里的垃圾箱里发现了四根手指。还有一根活着。"

狼将双手伸向面具，好像要把它摘下来。他喃喃道：

"我不行了。"

维多利亚微笑起来：

"你们想再听我读个别的梦吗？"

"不，不！"狼恳求道，"别的，不了。"

老卢西尼亚又一次试图从女儿手中夺过笔记本。

"够了！把它给我……"

"她还有另一个我很喜欢的梦。"维多利亚说着，站起身来，躲开了祖母。她浏览了一下笔记本。"她在认识我父亲的前一天晚上做了这个梦。"

"别念了，姑娘。已经够了。我想走了。"

"没错,这位先生得走了。"祖母赞成道,"已经很晚了。"

"我请求您,拜托了,听一听。我真的很需要有人能听听我母亲写的东西。然后这位狼先生就能更好地理解我这位祖母做了什么……拜托了,只有一点。"她开始读,"'我梦见一个正在奔跑的男人。那个男人浑身赤裸,奔跑着穿过高高的草丛。我听见了枪声。有什么东西追赶着他,但我不知道是什么。他脸朝下倒在了水洼里,沉了下去,消失了。下着雨。我听见了更多的枪声。随后一群士兵经过,就在那时,一棵树开始在那个男人消失的地方生长起来。一棵非洲榕树。一棵非常高大的非洲榕树。'"

维多利亚合上笔记本,靠到椅背上,目光注视着天花板。恶狼沉默地等待。老卢西尼亚摇着头看了看这个,又看了看那个。最后,维多利亚直起身来。

"狼先生在这儿听着真是太好了。这样一来,我们看起来简直像一家人。"她深深地叹了口气,用手背抹了抹眼睛,"我父亲失踪之后,我母亲又梦见了那棵非洲榕树。她每天晚上都会梦见同一棵树。渐渐地,那棵树在她的灵魂里扎了根。某一天起,她坚信只要找到那棵非洲榕树,我父亲就能恢复人形。而我则恰恰相反,我不介意拥有一个非洲榕树的丈夫。一个非洲榕树丈夫是值得信任的,他永远待在那里,安静地待在院子里。他不会在周五晚上消失不见,不会酩酊大醉地回家。他会听我们说话,从来不打断我们。而且,他还有树荫,舒适的树荫……"

老卢西尼亚打断她，用手拍着桌面。

"够了！够了！你母亲精神错乱了，没错。所以我才说她在战争里失踪了。战争以许多种不同的方式夺走了我们的人。"

"我喜欢那棵树的故事。"狼说，"结束了吗？"

维多利亚摇头示意没有。她又一次打开笔记本，读道：

"'我必须找到他。当我遇见他，我就会知道那是他。我认得他躯干的形状。我会从他柔和的树荫里知道那就是他。昨天我走遍整座城市，去了许多院子，拖着我怀孕的肚子。人们用同情的目光看着我。我不想要任何人的怜悯。我的男人就在这座城市的某处，这个国家的某处，以他那种温和的姿态等着我。我想念他的那双粗糙的大手，那么柔软，在我的肌肤上描绘出花朵。我想要拥抱他。我的热度将会温暖他的血液，然后将他归还给我。'"

女孩合上笔记本，放到桌上，心情激动。

"我觉得很美！"

"这个国家有很多非洲榕树。"老太太哀叹道，"至少那些树不在废墟里。"

"没错。有非洲榕树。"狼叹了口气，"我知道很多，很多，非常多。但只有一棵是他……"

维多利亚抬起了脸。

"什么？！"

"那个男人，你父亲。在那些非洲榕树里，只有其中一棵树中跳动着你父亲的心脏。你母亲不是这么相信的吗?"

"是的。那先生您呢?您相信吗?"

警笛声传来。一辆警车上转动的灯光照进窗户,把墙壁晃得乱七八糟。狼一跃而起,祖母也立刻跟着起身。

"警察来了!我去窗户那儿看看。我不打算开玩笑,老太太。你不许动。"

狼跑到维多利亚的房间,从窗户向外窥望。老卢西尼亚跟着他。然而,维多利亚抓住了她的一只手腕,把她拉了回来。她低声说:

"这儿到底发生什么了,奶奶?那个蒙面人是谁?"

"我的孙女,我必须告诉你一件事……好好听我说……那个男人不是客人,他是个小偷,一个强盗,我在你床边惊动他了。"

"骗人,奶奶。像是你编的故事。那个男人……我觉得我知道那个男人是谁……"

"我发誓,孙女,我发誓。那个男人是个小偷……"

"我们正在被抢劫?"

"没错,我们正在被抢劫,没错。"

"那个混蛋威胁你了?"

"他带着武器。他有一把刀。或者说他曾经有。你看,他把刀落在厨房的桌上了。"

"冷静下来,奶奶。因为这下要换人做主了。"维多利亚动作飞快地抢占了那把折叠刀,"现在看看该听谁的话。"

"我的孙女,这样不行,我不想这样。"老妇人试图把刀夺过来,"你不能……"

"我不能干什么?我不能干什么?"

"你不能……"

狼气喘吁吁地回到厨房,看见那两个女人正抱成一团绕着圈,进行着一场悄声的争斗。维多利亚注意到狼出现的时候,她用母亲的日记本藏起刀子。老卢西尼亚用力将她推开。

"这儿出了什么事?"狼焦虑不安地问,"你们在打架?"

"没什么,先生。维多利亚不想把我女儿的日记交给我。"

狼在厨房里走来走去,扭绞着双手。

"警察正在搜查另外一条街。我得走了!"

"那就走吧。快点!出去!"

"那本日记!不把日记拿上,我就不走。"

"不行!我不能把日记给你。"维多利亚反对道,"那本日记,绝对不行。"

"把日记给我,然后我就走。"

维多利亚自己转了一圈身子,好把那把刀藏在背后。

"先生您不明白,这个笔记本不是随便的什么物件。这是我的母亲。"她一边说着,一边移动着位置,让自己离强盗靠得更近,"我母亲通过这个笔记本来和我对话。"

"我不想再听见蠢话了!"狼大喊道,"把那破玩意儿给我,否则我生气了!"

"拜托了,我还有更多珠宝,你都拿走!"祖母恳求道。

这时,维多利亚一跃而起,下一个瞬间,折叠刀的刀尖直取狼的胸口。她语气严肃,无比尖锐:

"你这狗娘养的!"她用力地踹了一下入侵者的膝盖,对方被踹倒了。

"我让你知道该听谁的话了,你这混蛋。"

狼呻吟着:

"啊!别打我!"

"不打你?我要割了你的喉咙,混账小偷。"

"这都是什么话,女孩?"祖母斥责道,"注意用词。"

"舌头[1]?!说到舌头,我要扯掉这条野狗的舌头,现在就干。"

老卢西尼亚站到孙女和蒙面人之间。

"我的孙女,我求你了,别对这个人干坏事……别对这个人……"

"从前面让开,奶奶,您不认识我。我要和这个狗娘养的混蛋清算几笔账。"她在老妇人面前转身,再一次走向了入侵者,"现在,我要扯下你那张滑稽的面具,我要看看你的鼻子。"

祖母跪了下来。她紧紧抓住孙女的T恤衫,大哭不止。

---

[1] 原文葡萄牙语中 língua 一词既有"语言"也有"舌头"之意。

"我的孙女,把刀给我吧,求你了。"

很近的地方响起了枪声。

"警察!"老卢西尼亚站了起来,"警察肯定就在这儿。"

维多利亚挪了两步,刀子始终指着蒙面人的喉咙。

"安静待在那儿,不然我就把你的东西全毁了。听见了吗?混蛋!我本来还以为……先生您骗了我,明白吗?"

"我骗了你?我?"

"闭嘴!够了!顺便,我亲爱的奶奶,我们来把这点记忆梳理清楚。您只是因为抢劫而在发抖?我从来没见过您发抖得这么厉害。会是因为什么呢,我亲爱的奶奶?您害怕我揭发这个蒙面人……"

"求你了,我的孙女。"

"您担心我揭发这个蒙面人,担心我把他交给警察,就像您当初揭发我父亲一样?"

"这又是什么故事啊,维多利亚?"

"我很清楚,奶奶。交出我父亲的人,揭发他的人,都是您吧,对吗?"

"谁告诉你这些的?"

"我知道,奶奶,我的朋友们把一切都告诉我了,我到处去打听,和很多人说过话,他们都告诉我……"

"你还有很多其他的事需要知道,需要去问……"

"什么事?我不需要听更多的回答了,对我而言,您就是一只鬣狗。你们两个倒是能在一起,狼和鬣狗。"

蒙面人试图直起身子。他跪了起来。

"别这么对你奶奶说话！"

"那您呢，您以为自己是谁？你其实是我父亲吗？谁允许你说话了？"

"你母亲……"

"我母亲？先生您认识我母亲？"

"我知道那本日记里写了什么。"

"闭嘴……你刚刚说什么？"

"挑一个：闭嘴还是说话？"

"重复一遍你刚刚的话……"

"我知道那里面写了什么。我一直在找那棵树，那棵非洲榕树。"

"奶奶，这个男人是谁？等等，等等……这个男人……别告诉我是他？！"

"你的父亲死了，小维多利亚。他死了。"

"所以你才这么想要我母亲的日记。只可能是……你是我的父亲？说，你是我父亲？"

有人在敲门：三下猛烈的敲门声。一道声音通知道：

"警察！公民，开门。"

老卢西尼亚、维多利亚和蒙面人一动不动，忧心忡忡地面面相觑。声音又一次响起，更加坚决有力：

"立刻开门！"

维多利亚对祖母悄声说：

"去吧,奶奶,去开门,但别让他们进来。整理好自己,装装样子,让那群家伙闭嘴。"

老卢西尼亚站直身子,整了整裙子,走到门口,把门开了一条缝。一个身材魁梧壮实的警察正站在门口。

"这儿外面有情况,老女士。我们正在待命准备战斗。所有人都不要上街。只要有一点动静,我们就会开枪射杀。明白了吗?"

"好的,好的,警察先生。"

老卢西尼亚小心翼翼地把门关上,用钥匙锁住。她把钥匙收进口袋,转回身,肯定地宣布:

"有情况。任何人都不许上街。"

"我们听见了。"维多利亚紧张地来回踱步,"任何人都不许上街。"

老妇人摇了摇头,恼火地笑了。

"我从来不出家门。"

蒙面人站起来,靠墙支撑着身体。维多利亚挡在了他面前。

"我满脑子都是,我满脑子都是……先生……我梦见这一刻好久了……和我梦见的是同样的嗓音。"她握住狼的双手,"我梦见过这双手。"

狼松开了手。他转向老卢西尼亚:

"刚刚外面,你能看见多少个警员?"

"忘了外面发生的事吧,把面具摘了!"维多利亚大喊着，又往蒙面人的膝盖上踹了一脚，"快点，狗娘养的家伙，把面具摘了！"

"你来摘！"狼命令道。

维多利亚抬起手臂，伸向蒙面人的脸，但随后又犹豫了，好像又后悔了。

老卢西尼亚插话道：

"够了！够了！"

"让她来！"蒙面人恸哭道，"我罪有应得。"

维多利亚控制不住地哭了出来：

"为什么这家伙说起我父亲，好像认识他一样？！这个男人是谁？"

"让我走吧。"蒙面人恳求道，"把那本日记给我，然后我就走。那本日记和黑匣子。我想要黑匣子。"

"哪个黑匣子？！"维多利亚问道。

老卢西尼亚战栗不已。

"黑匣子？"

"没错，您知道得很清楚。"

老妇人抱住了孙女。

"小维多利亚。去客厅，打开那个装玻璃的抽屉。里面有一个黑匣子，去把那个匣子给我们拿来。"

维多利亚把刀交到了祖母手里。

"别让这个强盗乱动。"

维多利亚一走，老卢西尼亚就把刀放到了桌上，向蒙面人张开了双手。她抱住了他。

"来吧。我第一时间就认出你了。"

"您认出来了,不是吗?"蒙面人的嗓音变了,现在能听出来是个女人。"我一直担心您会认出我。因为我的手,对吗?我的这双手。"

"没错,这双手。手指修长。还有嗓音,还有沉默。一个母亲能认出她的女儿。"

"这么多年了……"

"是啊,这么多年了,让我看看你的脸。"

"不行,不能看脸。我的脸已经死去了,母亲。"

"你病了。我能从你的声音里听出来……"

"是的。病得很重。我快要死了。我的双眼肿大了,肿得非常大,让我现在都不敢看自己的样子,照镜子都是一种折磨。"

"你是来再和女儿见一面的吗?"

"我是来告别的。我不知道,母亲,我是来和我自己告别的……我的脸已经离去了,我不能亲吻我的女儿……"

"你看到你的女儿有多大了吗?和你真像……"

"看到维多利亚对您发火,我很难过。她没有忘记母亲您对她父亲做过的事。您的孙女永远都不会原谅您了。"

"那你呢?"

"我怎么了?"

"你原谅我吗,女儿?你理解我为什么要对你的男人做那样的事吗?"

"我不知道,我已经对理解什么事都不感兴趣了,甚至也不想让你们理解我。我太累了,母亲。我厌倦了讲话,厌倦了撒谎,厌倦了强迫我们撒谎的这种生活。"

"你在害怕,女儿。"

"害怕,我?"

"我从来没见过有谁害怕成这样。"

"害怕什么?"

"害怕说再见。你从来没收到过告别,连你丈夫的告别都没有。是我包揽了一切,认领遗体,举办葬礼……还有收集他的遗物,把所有东西都留下来,这是你的想法……"

女儿打断了她。她保持着举起手臂的姿势,陶醉地在客厅里走了几步。然后,她坚定地称:

"已经够了,母亲。我要摘掉面具。"

"不,就这样吧。"

"我想摘掉。我真的需要亲吻自己的女儿。"

"你每天晚上都在亲吻她。每天晚上,那个女孩都会把你的日记拿在手里入睡。"

"我不知道,母亲。也许您是对的,最好让一切都维持现状。"

"你已经抢劫了这栋房子,别再抢劫那女孩的生活了。"

"您说得对。其实是我不知道怎么才能离开这里。而且,即使我成功离开了,在这之后,我也不知道如何回到自己身边……"

"想都别想！你今晚和我们在一起。"

"我受够了，我已经厌倦了所有这一切。我的脑袋嗡嗡作响。"

老卢西尼亚靠向女儿，然后抱住了她。一开始，女儿有些抗拒。随后，她任由这种关怀包裹住自己。

"冷静，我的女儿，留下来。放松。这是你的家。"

女人从母亲的怀抱中挣脱了出来。

"不，不！我要走了。"

一开始，她的嗓音颤颤巍巍。随后又变得坚决，几乎变回了最初她假扮男人时的音色。

"我只想要那本日记。"她几乎是在尖叫，"还有那个匣子，黑匣子。然后我就走。"

维多利亚拿着一个用黑布包住的匣子回到了客厅，发现老卢西尼亚和那个蒙面人几乎在拥抱的时候大吃一惊。

"到底发生了什么？"

老卢西尼亚往前走了一步，似乎想让自己的存在更加显眼。

"我的孙女，我有些事要对你说。这里这个人，她是……"

蒙面人走上前，用之前使用的那种男性音色自称道：

"你父母的一个朋友！"随后，在年轻女孩反应过来之前，她继续说，"我认识你的母亲，没错。我也认识你母亲。

但现在这些都无关紧要,把匣子给我,我想离开这里……"

维多利亚走向祖母,有点犹豫,又有点担忧:

"给她吗,奶奶?"

老妇人低着脸,声音几不可闻,喃喃道:

"是的,把匣子给她吧。"随后,她猝不及防地用坚决的口气命令抢劫犯,"你现在不能离开这里,到处都是警察……"

维多利亚和祖母一起,试图劝阻蒙面人。她说只要有人走出家门,警察就会开枪。入侵者看上去犹豫了。然而,一阵冲动之中,她深吸了一口气,拿起匣子和日记,站起身来,下定了决心。

"我要走,我知道怎么离开。我只想说一件事……"

维多利亚打断了她,争辩说祖母才是对的,那里就有一张床垫,她铺了几张床单。蒙面人语气中的坚决已经被温和冲淡了一点,他回答说不值得。他早该离开。他把日记递给了她。

"看,维多利亚,拿着你母亲的日记吧。"

"你不把它带走了?"维多利亚惊讶地问。

"这是你的。"蒙面人回答。

蒙面人和维多利亚两人的手都拿着日记,就这样持续了很长一段时间。仿佛通过这个笔记本,她们触碰到了彼此。入侵者抬起手,像是想要摸一下维多利亚的脸。但随后,她又改了动作,低声说:

"拿走这本日记。我也会把面具给你。"

她摘下面具，用伸向维多利亚的那只胳膊拉住了她。然而，维多利亚却始终低着脸。

"看着我，维多利亚！"母亲要求道。

女儿仍然一动不动地低着头，然后开口，发出一道呢喃："不，我不想看。"

入侵者回身，手指在黑匣子上抚过，然后垂下肩膀，缓慢地走到门口。老卢西尼亚用力地抓住她的胳膊，哀求道：

"别走，求求你了。看在上帝的分上，别走。"

入侵者重新戴上面具，打开门，离开了。枪声响了起来。在一片令人恐慌的寂静中，维多利亚和卢西尼亚一瞬间动弹不得。

* * *

几天之后，一个警察来敲门，胳膊下夹着一个包裹。维多利亚接待了这位访客。

"这个匣子在小偷手上。我想是属于您的。"警员把匣子交给年轻女孩，准备离开的时候，他用手扶着帽子，坦言道："有件事您知道吗？那个小偷，到最后竟然是个女人。是真的！是我把她从地上拉起来的，然后她当时说了句很奇怪的话。她说'我要成为非洲榕树'。我以为自己听错了，我摘掉她的面具，然后她说：'我要死了。'冷静，我说，您会活下去的。然后那个女人，那个女毛贼，就对我说：'我会活下去，没错，我会成为非洲榕树……'"

警察离开了。维多利亚把匣子带回了房间。她从里面取出一件军装，上面还有血迹。她颤抖的手指再次检查了匣子里的东西。她找到一张纸。她靠近窗边，让光线更好一点。她低下脸，然后蜷缩起身体，直到整个人蹲在地上。在房间里，她听见了一个女人的声音：

我十九岁的时候怀了孕。成为母亲的时候，我的年纪能当个女儿。但我从来没有当过妻子。我女儿的父亲在她尚未出生时就遭到了谋杀。我内心里还是个孩子，再也不知道该怎么生活了。我记得的最后一件事，就是把我那个男人不多的财产收集起来，一些书，一些笔记本，一件从来没洗过的衣服。我把所有这些东西都收在一个纸匣子里。我们不知道一个小小的纸匣子如何容得下整整一生。我的母亲用一块黑布把匣子包了起来。那块黑布包裹了我的睡眠，包裹了我的梦境。若是裹进那块布里，也许我就会与他埋葬在同一片土地里，那里沉睡着我懂得如何去爱的最后一个人。

世界的玩笑

安娜贝拉·莫塔·里贝罗
为葡萄牙《公众报》所做的采访

两位有许多共同点的作家：书籍、身份、关于植物的私人生活、战争。

"Muxima"是金邦杜语[1]中的一个词，意思是"心脏"。那"朋友"呢，怎么说？什么词能表达出若泽·爱德华多·阿瓜卢萨和米亚·科托之间的友谊？一些基因上的共同点：书籍、身份、关于植物的私人生活、我们身上的色彩、一个四岁女孩所能看见的，和一个成年人所看不见的。但这是阅读他们生活的一种诗意的方式。其中还少了战争，许多场战争，以及对答案的追寻，对公民与政治事务的投入。绽放于童年时代的幸福，尽管也有恐怖。

---

[1] 安哥拉最常用的语言之一，主要在该国西北部使用。

他们是边界上的生物。

米亚·科托，本名安东尼奥，出生在莫桑比克，他自己说："我是一个非洲的白人，一个不履行宗教义务的无神论者，一个写散文的诗人，一个拥有女人名字的男人，一个在科学上没什么把握的科学家，一个口传土地上的作家。"

若泽·爱德华多·阿瓜卢萨是一个"旅途中的安哥拉人，几乎没有种族"。如果种族来自空中和地上，那他的种族就是飞鸟和树木。

他们是多年好友，似乎能保持一辈子的友谊。他们的道路几乎完全一致，尽管两人的故事和国家有其特殊性。米亚出生于1955年，阿瓜卢萨出生于1960年。

这周，阿瓜卢萨发表了历史小说《任加女王——以及非洲人如何发明了世界》[1]。米亚写了序言。

这次采访是在阿瓜卢萨家中进行的。不出所料，米亚也在家。必须要说的是，他们时常发笑。嘲笑对方，嘲笑自己，嘲笑愚蠢（这是他们的用词）。他们的笑声比起在文中提到的那些还要更频繁。为什么？想必是来自他们在世界里发现的玩笑。（"Graça"一词在字典中的释义：恩惠，益处，礼物；仁爱，尊敬，善意；美丽，优雅。）

---

[1] 出版于2014年，书中以一位巴西牧师的视角，讲述了任加女王的故事，展现了她对今日安哥拉及世界文化、宗教等方面带来的影响。

金邦杜语中，您最喜欢哪个词？可以是因为声调或者内容。

阿瓜卢萨：我来自姆班杜语[1]的区域，万博[2]。金邦杜语有书写的传统，但姆班杜语没有。我甚至学了金邦杜语。用姆班杜语来回答更容易一点：ombembua。意思是"和平"。

"ombembua"这个词的读音让我想到了一朵云。

米亚：随风飘浮。

阿瓜卢萨：这是鸟儿发明的一种语言。

米亚：是鸟鸣。

米亚，您这位生物学家，也是词汇的发明者，会说鸟儿的语言吗？莫桑比克方言中，您最喜欢的是哪个词？

米亚：我正在学习一种语言，我自信地称其为"生命的语言"。在生物学上，我所热衷的是语言的部分，而非科学的部分。在于破译密码的意义上。有一些语言就在那里存在着，我们却听而不闻，视而不见。

举个例子。

米亚：我愈发清晰地理解了植物是如何讲话的。由于要

---

[1] 金邦杜语之外的另一种班图语支语言，是安哥拉最广泛使用的口头语言。
[2] 位于安哥拉中部，旧称新里斯本，是万博省的首府。

进行传粉,它们与鸟类和蝙蝠有着共生关系,因此必须讲话。当一枚果实变色,就是它在说,是时候了。它在与我们交谈。这些,还有气味,都是对话的形式。

阿瓜卢萨:果实就是让人采摘和播种的。它说:"来吃我吧,来繁育我吧。"我赞同米亚。我们觉得事物是隐蔽的,是巨大的奥秘,但一切都在太阳底下。我们看不见。孩子们经常看见。

成年人看不见?

阿瓜卢萨:一些情况下,人们随着年龄增长,会能够看见。孩子们看得清清楚楚。我经常讲一个关于我女儿的故事,当时她还很小。有一位女士问了她一个非常愚蠢的问题。"你是什么种族?"她没听懂。她甚至都没有种族的概念。那位女士试图纠正一下问题,结果犯了更严重的错误。"你是什么肤色?"我女儿看上去非常惊讶。"但你没看见我是个女孩吗?女孩是人。人身上有不同的颜色。[1]我的舌头是红色的,我的牙齿是白色的,我的头发是褐色的。"我们身上是五颜六色的。这么显而易见的事实需要一个四岁的小女孩来道破。

---

[1] "肤色"与"颜色"两个词在原文中均为"cor"。

我们是如何失去倾听、目视和阅读世界的能力的？与失去了天真有关系吗？与恐惧的经历相伴。二位都曾生活在国家的战火中，当时你们都很年轻。我无法想象十五岁的时候就在家门口爆发了战争。还不到二十二岁。

阿瓜卢萨：当时我们还要更小。我是在战争中出生的，在1960年。

内战开始于不久之后，在您少年时期。在这之前打的是殖民战争。

阿瓜卢萨：我始终感觉战争就存在于自己的日常生活中。问题是：当我们始终有着这样的想法，我们也会以另外一种方式来看待战争。我父亲当时在铁路上工作。

米亚：我父亲也是。

阿瓜卢萨：我父亲开始在铁路沿线为民众授课。有一节特殊的车厢，里面有一间教室。

是什么样的车厢？

阿瓜卢萨：非常漂亮。运营公司是英国的，桃花心木车厢，有客厅，有卧室。我和我姐姐住在一间带有双层床的房间。有一个厨师，一间厨房，还有餐厅。节假日里，我们会陪在父亲身边。我很清楚地记得火车遭遇袭击的事。发生过很多次。火车脱轨，等等。本格拉铁路是当时主要的运营公司。所以说，一种战略上的利益。你应该也有同样的感受。

米亚：是的。

阿瓜卢萨：我的整个童年都有战争作为背景。它不在家里。它在旁边。

米亚：不在家旁的战争是由声音和故事带来的。这些事物显示出一种虚构的特征。九岁的时候，我总听人说起民族解放战争中发生的事。

除了战争，殖民机构也一直存在。

阿瓜卢萨：暴力，殖民的不公……如果我这样一个拥有特权的孩子都因此受到了影响（我对此记忆犹新），我想象在……

米亚：……在墙的另一边备受折磨的孩子。

阿瓜卢萨：听到某种殖民怀旧主义时，我真的很难过。是回归移民[1]的话语，他们很怀念非洲，仿佛那里是一处未受损的天堂。

米亚：仿佛那里是不一样的。（因为）"葡萄牙人从来没有像其他殖民者那样做事"。

阿瓜卢萨：当时的社会是深深扭曲的，只有彻底瞎眼的人才看不出来。对一个几岁的孩子而言，显而易见。

---

1 指在殖民时期移民到葡萄牙海外领土后又返回葡萄牙的人（或这类移民的后裔）。

不必向他解释，或是让他注意一下吗？

米亚：不必。

阿瓜卢萨：他被遗弃了。无耻的行径。

米亚：在那里，很快就会丧失天真的感觉。

阿瓜卢萨：在战争以前，我们就了解殖民的暴力、殖民的不公。

首先是哪方面的歧视？

阿瓜卢萨：各个方面。殖民主义是由人构成的。好人和坏人。糟糕的体系会激发出人们的恶意。殖民体系是一种统治体系。否则，它就不是一个殖民体系。而且，无论有什么反应，一个人都会被当成恐怖分子。我听到过"恐怖分子"或是"游击队"这些词被用以针对那些没有也不曾和民族主义运动扯上关系的人。他们不过是对不公提出抗议。

请给我讲述一下您在莫桑比克的经历。

米亚：非常相似。我生活在莫桑比克第二大的城市，但它其实很小。在贝拉[1]，那种殖民的感受实在太过紧张，根本不需要别人来给我解释什么。当我对这个世界有所认知，不得不选一边站队的时候，我已经知道自己是谁，知道自己要

---

1 莫桑比克城市，位于该国中部，是索法拉省的首府。

做什么了。

您很早就入伍，加入了莫桑比克解放阵线[1]。

米亚：我十七岁上大学的时候，就知道自己不会学习。我知道自己会加入民族解放运动。不是因为我被灌输了一些思想，而是因为那些我生活中经历过的事。我知道自己想要和过去彻底决裂。有一件事我必须要说：我的童年非常幸福。我有一场无穷无尽的童年。

如何才能为幸福创造空间？

阿瓜卢萨：因为它就是被创造出来了。因为事情就是这样发生的。即使是在最暴虐无道的时代，人们也能感到幸福。我的童年也很幸福。

米亚：想象一下，这是另外一种暴力……我家里的空间相当温馨。

阿瓜卢萨：我家也是。

米亚：也许，更糟的是经历了内部的暴力，家庭内部的暴力。

阿瓜卢萨：肯定的。我被保护得很好。我家里没有什么……故事。

---

[1] 莫桑比克解放阵线（Frente de Libertação de Moçambique），简称 FRELIMO，成立于 1962 年的政党，致力于莫桑比克的民族独立。

一个没有故事的家庭，似乎是一件很可怕的事。但说到底，并非如此。

米亚：总好过一个没有家庭的故事。

现在我们回到童年的幸福上来。在此之前：您因为自己是白人而感觉到过歧视吗？

米亚：是的。有各种各样的歧视。城市里，公交车来来回回。在南非，里面写着"黑人/非黑人"。在这儿没有把这些写出来，但生活就是如此。不需要写出来。都写在人们的脑子里。谁都知道，一个黑人绝对不能坐在前排的座椅上。后面有一个座椅，破破烂烂的，那是黑人坐的位置。另一种歧视：没有"白人"。只有一等白人和二等白人。二等白人（我就是这类）永远无法当上公职长官。

这种歧视与金钱和地位有关吗？

米亚：和出身有关，和那些在殖民地出生的人有关。这些人就是二等白人。

阿瓜卢萨：最后变成了一种制度化的东西。有被同化者、二等白人、一等白人。

米亚：被同化者就是黑皮肤的葡萄牙人。

阿瓜卢萨：这是一件可怕的事！这个人必须证明他用刀叉吃饭。

米亚：除了妥当的举止，还必须是天主教徒，遵守一夫一妻制。

金钱的痕迹明显吗？莫桑比克有葡萄牙白人和果阿人上的学校。那里不是基于肤色进行区分。

米亚：即使是在果阿人中间也有非常严重的歧视。果阿人有权基于他的种姓归入某个社团。有许多社团。只要说"我是印度裔葡萄牙人社团的"，别人马上就知道这个人的社会地位了。

阿瓜卢萨：可以合理认为（这是一种普遍的想法），莫桑比克比安哥拉有更多歧视（没有被制度化，但存在）？

米亚：我不知道怎么比较，但我相信是这样的。因为受到了南非和罗得西亚[1]的直接影响。

一个童年的幸福时刻：首先想到的是什么？

阿瓜卢萨：我没什么时刻。我有过许多时刻。我有一个很大的院子。几条狗。我时常一个人玩，独自创造世界。我的幸福空间就是那个院子。除了这些，我家在城市的边界上。前方什么也没有。我生活在这种无限之中。我是个一只脚在柏油路上，另一只脚在丛林里的孩子。

米亚：你知道吗？殖民地的门廊是围绕着房子的，制造

---

1 现津巴布韦。

出分界。我从来都不太明白哪里是里面，哪里是外面。有一扇网门，带门框的那种。听见那扇门发出敲打的声音，我们就知道自己出门了。我们从来都不明白自己是在家里面还是外面。是一件很神奇的事。

这些持续到了什么时候？这种无限的、无拘无束的想法之所以会凸显而出，是因为没有恐惧和威胁吗？或者不是？

米亚：没有恐惧对凸显出这些起到了很大作用。不是吗？

阿瓜卢萨：我不确定。我女儿告诉了我一件关于孩子的事。首先，总有人在管着我们。成长就是不再有人管着我们了。或者管着我们的人变少了。指挥系统缩小了。另一件事就是恐惧。恐惧经常出现在孩子身上。随着成长，我们会失去恐惧。不是吗？

米亚：你会改变恐惧。

阿瓜卢萨：我不知道你是不是不会去缓解恐惧。

米亚：我们都心存恐惧。最好还是承认吧！

阿瓜卢萨：我们心存恐惧，但是非常幸福！

米亚：那是容易被驯化的恐惧。对黑暗的恐惧。写第一本童书（《猫咪与黑暗》[1]）的时候，我就在报复。恐惧履行了

---

[1] 出版于2001年，以人格化的小猫作为主角，是一部充满想象力的童书。

它首席顾问的职能。

我不明白。

米亚：我们需要心存恐惧，因为恐惧会引导我们。是一种警醒，一个预警系统。问题在于，当恐惧支配了我们，我们就会动弹不得。

阿瓜卢萨：我有过一个很特别的女老师，来自民族主义者家庭，是一位非常有勇气的女士。我不用学地理和葡萄牙历史。我们墙上没有萨拉查[1]。我们学习安哥拉诗歌。她做了自己的教学大纲。作为交换，她又非常暴力。我当时生活在恐惧之中，害怕走到黑板前面。我们经历了今天不可能发生的折磨。

您为这个老师或者其他一些记忆深刻的人写过什么文章吗？对此，他们说过："写得真好。"

阿瓜卢萨：我不知道。我被看作坏学生，是所谓无可救药的蠢驴中的一员。

您从来没对自己产生过这种想法，对吗？认真地说。

阿瓜卢萨：我不觉得自己特别聪明。我姐姐比我聪明得

---

[1] 葡萄牙独裁领导者，1932年至1969年任葡萄牙总理。

多。她做什么事都更快,更好。

米亚:我也是这种处境。

你们在演戏,你们两个人。

阿瓜卢萨和米亚:没有!(大笑)

阿瓜卢萨:我好多了。我在家里很幸福。还会发明创造。

您在自己的脑海中发明创造,还是已经在写一些东西了?我问起一篇文章的时候,是在尝试了解它什么时候能见诸书面。

阿瓜卢萨:晚些时候,更晚一点。(为了写作)需要阅读很多东西。

您呢,米亚?

米亚:我是个坏学生,而且学校很令人难过。我已经证明了自己不适合待在学校。

阿瓜卢萨:我也是!

米亚:那是一所神奇的学校。心不在焉的。睁着眼睛,假装正专心致志。这是我试图教给自己的孩子的一件事:不做事的能力。

阿瓜卢萨:这就是先进的佛教徒。

米亚:我很早就开始写作。唯一一项将我从葡萄牙语课的低分中拯救出来的就是写作。

阿瓜卢萨：我母亲是葡萄牙语教师。家里有很多书。你应该也有。你父亲是诗人。接触书籍的途径是向我开放的。我们读了所有能读到的书。拿起一本书，我们就知道它是不是写给我们的。我也尝试对自己的孩子们这么做。我看过词典和百科全书。那里就有一套两册的百科全书，是不久之前我父母给我的，因为我非常怀念那套百科全书，一套《莱罗全球百科》[1]。（他起身去拿。）

二十世纪三十年代出版，带有插图，硬皮封面。很好看。

阿瓜卢萨：编这部百科全书时，费尔南多·佩索阿刚去世不久，在书中只能得到两行内容。可以看到他并没有受到太多关注。对待希特勒的态度还很亲切。

于是您就这样了解世界。说来说去，我其实想要知道你们那种神奇的世界是从何而来的。

米亚：我能讲一段学校里的故事吗？我有过一个高高瘦瘦的老师，有天他读了一篇自己写的文章。那篇文章是写给他母亲的。关于他母亲的双手。我备受感动。很奇怪。他自己也很感动。他和文章之间有一种激情的关联。他说起他母亲的双手，就像我觉得自己也能说一说我母亲的双手。他母

---

[1] 由葡萄牙莱罗书店编辑出版的百科全书，该书店位于波尔图，是葡萄牙历史最悠久的书店之一，闻名于店内独特优美的装潢设计。

亲的手上只有伤痕。时间带来的，工作带来的。这件事非常重要。那位老师让我变成了一个脆弱的男孩。

那位老师是泽卡·阿方索[1]吗？我知道您曾经是他的学生。

米亚：不是。泽卡当我老师的时间很短，后来换成了我那位女地理老师。所有人都认为他是一个很好的老师。（小声）我觉得他很差。但他很有趣，也教了其他一些东西。

你们那种神奇的、诗意的世界，从中看到最为惊人的现实并将它转化为文字的才能，是从何而来？

米亚：很难谈论我们自己。来自各种各样的事物。比如，我这代人被教育成男人，有男子气概。

有哪些规矩？

米亚：一个男人不会哭。一个男人不会坦露某些感情。心肠强硬。（他）和情感方面的关联与我自己所展现出来的不同。当一个人写作的时候，他必须要成为女人，成为另一种人，在我们体内存在冲突。必须要有一种勇气。接受我们自身的多样性和多重性，这种能力是写作的一个很好的起点。

---

1 葡萄牙歌手、作曲家，曾是米亚·科托在贝拉时的地理老师。

阿瓜卢萨：我不知道怎么说。也许和那段童年有关。

米亚：我能说说他的特别之处吗？

可以。谈论对方能更容易一些。从自身之外的视角看。

米亚：他是边界上的生物。身处世界之间，从没想过要构建一个成型的世界。他永远活在故事里。他的住处不是一个地方，一段时间。时间不过是为了航行，为了旅行。他从来都不在某个地方。他在这里，但只是假装在这里。（阿瓜卢萨哈哈大笑。）我们在乌克兰中部或是安哥拉的一个穆塞克[1]里旅行，而他永远在创造故事。他没有从何而来一说。

阿瓜卢萨：在我家，所有人都讲故事。所有人都想讲出最好的故事。米亚，他们期待你宏大的故事、宏大的事物吗？

米亚：我是家里最倒霉的。有口说不出，不知道怎么才能做出实事。必须得有一块领土，在里面，我说——我们说——我们是明显可见的。

阿瓜卢萨：（讲故事）是一种身份的确认。这对我们而言非常重要，你作为莫桑比克人，我作为安哥拉人，在写作中就有一种身份的确认。

米亚：它由此开始。之后我们就不想再了解这些了。

---

[1] 安哥拉城市中混乱的定居点，往往聚集了贫穷或地位低下的居民，多指首都罗安达周边的贫民窟。

阿瓜卢萨：我的第一本书，《阴谋》[1]，一部关于十九世纪的历史小说，对我而言，它明显就是作为身份确认而出现的。之后就像米亚说的。我们享受了一下这种滋味，然后就走了。

通过写作，决定并且确认一种身份，同样也是一种愈合创伤的方式？

阿瓜卢萨：就是身份的确认。一种说法是："我身在这个国家，因此我就是安哥拉人。"

那么创伤呢？你们开始写作的时候，不可能没有感到受伤和痛苦。战争的结束，许多场战争的结束，都是最近的事。写作帮助你们梳理了世界吗？

米亚：有一种观点认为，有些人身上存在某种特定的创伤……我们都有。

阿瓜卢萨：写作时常提供帮助。写作是一个反思的过程。它能帮助我们，让我们在那个时刻，那片宇宙中找到自己的位置。然后就是享受了，米亚说过的那种快乐。写作是为了享受它所带来的快乐。

---

1 出版于1989年，书中通过对十九世纪罗安达老城区日常生活的描写，展现了该时期罗安达克里奥尔社会的现实状况。

描述一下。

阿瓜卢萨：感觉很好。会发现一些事情，没错，是一种他异性的锻炼，棒极了，能更好地理解他人，也更好地理解我们自己，真的。而且，除此以外，最重要的不在于这些，还有快乐。突然之间，词语自己组合起来，那里有一道光，角色开始描绘一段故事。就和阅读一样。不过是我正在做这件事。是一种双倍的快乐。那是一个将要从我们体内诞生的世界。

您谈到的这种快乐感觉非常美好，尤其是因为我们脑海中作家的形象总是很痛苦。

阿瓜卢萨：在葡萄牙，有那种痛苦的作家风格。葡萄牙有一种对痛苦、悲伤和忧郁的推崇。那些快乐的事物（也）必须是痛苦的。

米亚：作为构成身份的一部分，痛苦是天主教的（标志）。我自荐加入莫桑比克解放阵线的时候，去参与了一场集会，我是其中唯一的年轻人，也是唯一的白人。有一个对候选人的评价小组，这些候选人必须要讲一个"痛苦的故事"。

痛苦的故事？

米亚：每一个候选人都到了，然后说一说自己经受过什么样的折磨。我开始慌了。其实我没有受过什么折磨。而那些人确实很痛苦。有人曾经被捕,有人挨过饿,有人遭到过殴打和种族歧视。我意识到了自己的幸福,而我之前从来没有意识到这一点。后来我明白了,这是天主教的一个标志。

忏悔和分享?

米亚:痛苦作为身份的证明。

阿瓜卢萨:最严格的加尔文宗教义里,这就是你们所拥有的最多的东西。

回到之前的话题,让阿瓜卢萨来说说米亚的特别之处。

米亚:他不觉得我有什么特别的。

阿瓜卢萨:也许,米亚是家中二哥这件事(很关键)。二哥必须证明自己。经常需要得到肯定。在一定范围内引起注意。引起母亲的注意。我们正在试图解释一些解释不清的事。他生来就有这种……有这种缺陷。(笑声)

成为一个写散文的诗人的缺陷? 米亚这样介绍过自己。

阿瓜卢萨:一个萨满巫师是如何诞生的?一个萨满巫师有受教育形成的一面,也有不受教育形成的一面——要看情况。他是诗人,生来就是诗人!真可怜,说不定生下来一条腿就是弯的。

米亚:想想你自己,你有办法去做什么事吗?你有办法吗?今天你也许会成为一名桥梁工程师。这些也是被堵死的路。

阿瓜卢萨：如果我读完了农学，可能今天就不会成为作家了。

米亚：我有个论点，关于你为什么没读完。

是什么？

米亚：农学意味着一种有根的东西。这家伙不会有根。他只会有翅膀。

是一种诗意的解读。

米亚：事实如此。这解释了两件事。为什么要加入这个专业：因为你需要有根。但你没有完成学业，因为你不能只留在一条根上。

阿瓜卢萨：或许我该去做悬浮艺术。或者驾驶气球。

你们两人是什么时候认识的？

阿瓜卢萨：可能是我在编故事，但我觉得我是第一个在葡萄牙《快报》[1]上发表米亚一本书的书评的人。在那之后，我们一位共同的朋友组织了一次聚餐，米亚和（妻子）帕特里西亚一起出席的。

---

1 葡萄牙受众广泛的周报，成立于1973年，总部位于里斯本。

米亚：在这之前，我们也有过交流，聊了聊你的文章。我们发现两人身上有许多共同点。都是非洲人，都是白人，都来自某种家庭……

您是在阐述一些让两人关系更近的事情吗？

米亚：有一种命运（可怕的词）。听起来像是一句告白。马上就是男同性恋的告白了。似乎我们是命中注定的一对。若泽[1]那时就已经热爱上写作和阅读了。他当时是个记者，我在那之前也曾经当过记者。

阿瓜卢萨：而且还对生物学很感兴趣。

米亚：我们聊到了植物的名字。

你们经常谈论政治吗？

阿瓜卢萨：当然了。

米亚：我们有过对立和分歧。

阿瓜卢萨：我不记得了。

米亚：相比起我，若泽对事物有更加敏锐的洞察。批判的眼界更广。我则对解放阵线的政治进程相当投入。你更年轻，这点也有裨益。他提出问题的时候，我还是那种最坚定不移的激进分子的姿态。

---

[1] 阿瓜卢萨的名字。

您什么时候开始不再坚定了？不再是激进分子了？

阿瓜卢萨：我为许多目标而战。我或许还会继续为这些同样的目标奋战。为了安哥拉的和平与民主化。在这方面，我没有改变，更没有失去信仰。

没有吗？如果我看一本书，像是《热带巴洛克》[1]，它的故事发生在安哥拉的未来，而且对那样的未来展现出了极其黑暗尖酸的洞察，我认为是非常破灭的。

米亚：那是一本关于没有未来的书。

阿瓜卢萨：《热带巴洛克》是一个反乌托邦，我不希望自己、自己的孩子和我所爱的人生活在那里，是那样一个世界的写照。反乌托邦的作用是警示当下存在的错误，目的在于去纠正这些错误。如果从这个角度来看，这本书并不悲观。在我的一些书里，可能有许多恐怖的内容，而且的确存在。比如说，《雨季》[2]这本书里，（我写的）也是对这种恐怖的谴责。

米亚：若泽注定不会再离开安哥拉了。

阿瓜卢萨：怎么说？

米亚：安哥拉在你内心埋得太深了，即使你不在，安哥拉也会跟着你。你不会再有另外一片梦想中的领土了。莫桑

---

[1] 阿瓜卢萨所著小说，出版于 2009 年。书中幻想了 2020 年的罗安达社会。
[2] 出版于 1996 年。

比克和我的关系也是如此。也许是由于历史条件的缘故，我们出生的时候，这两个国家都在进行着自我的确认。我们没有家——灵魂的家——如果不是在这里的家。

你们目睹了人们庆祝和平，也曾经有过梦想。这两个国家的成长伴随着不平等与不公正。

阿瓜卢萨：但是和平还没有实现。在安哥拉，战争的结束只是一种军事上的胜利。而非通过对话。和平不是这样建立的。和平意味着一段此前从未建立过的对话。意味着理解他人的理由。然而他人的理由没有被听到，而是被消灭了。它们被忽视了，没有得到解决。内战爆发的其中一个理由，可以从历史中进行理解。它与城市建设，和城市化的世界有关，而其发展则是通过奴隶制，以牺牲农村世界为代价。罗安达的混血社会随着奴隶贸易繁荣起来。有一种持续至今的历史恩怨。必须要更进一步，达成一种和解。我更希望通过谈判达成和平。尤其是，我更希望，再也不要肢体冲突、战斗冲突，战争！这些被战争所征服的领土上永远都有这种战争。总是一次又一次地爆发暴力。

仿佛是一种回音。

阿瓜卢萨：一种回音。过去就是那样的暴力，现在还在那儿，一直都在。如何打破这种暴力的循环？这是我们面临的挑战。我们去看看所有伟大的哲学家、预言家，从基督到佛陀。所有人都在教导同样的事情。转过另一边脸。[1] 让他人站到你的位置上。把你自己放到他人的位置上。试图去理解他人。没有什么是我们不知道的。只有不去做的。最坏的就是：我们不是不知道如何去做。

难道不是因为钻石、石油、傲慢，因为所有这些而去做吗？

阿瓜卢萨：(叹气) 我觉得是因为愚蠢。缺少头脑，真的。

请谈谈您怎么看莫桑比克的和平进程。

米亚：我必须稍微更正一下自己直到刚才还在发表的看法。1992 年，内战结束之后，莫桑比克人决定对这件事闭口不谈。一年过去，两年过去，什么都没有发生。没人愿意打开这个话匣。我认为那是更加明智的做法。人们明白有些事情没有得到解决。而这个"有些事情"实在是太重要了，甚至最好不要去碰。说到底，当人们决定不去谈论一件事，我认为是它没有得到妥善解决。让它埋没在遗忘中（不是令人满意的决定）。遗忘的解决办法并不是一种解决办法。

阿瓜卢萨：你说的就是我的意思。这种战斗已经持续了好多年。我始终支持自己的观点，需要创造和解的程序，宽

---

[1] 出自《圣经》中的一句话，原文为"只是我告诉你们，不要与恶人作对。有人打你的右脸，连左脸也转过来由他打。"

恕的程序。人们必须要一起哭泣。就像夫妻。就像对立不和的朋友。

就像一家人一样。

阿瓜卢萨：没错，就是一家人。人们必须要有能力哀悼，也要有能力彼此谅解。

米亚：这一程序以某种方式（在莫桑比克）建立了。我的态度转变了，但现在我不赞成像南非那一类的解决方案，极其制度化，却没有触及人们内心更深处的程序。

阿瓜卢萨的新书《任加女王》以安哥拉历史上一个标志性人物为中心。米亚正在写关于恩昆昆哈内[1]的东西，一位生活在1850年到1906年间的莫桑比克国王，巨人般的人物，当时所有人都想抓住他。快写完了吗？

米亚：我不知道。当我想写一本小说，出现在面前的却是诗歌。最后就成了一本诗歌的书。现在我把散文看作是一个幸存下来的孩子。我还需要六个多月的时间来完成我自己正在做的事情。

在《任加女王》的封底上，您写道："安哥拉面前有许

---

[1] 加扎帝国的最后一任皇帝，1884年到1895年在位，其领土位于今莫桑比克南部，曾对抗葡萄牙殖民者，战败被俘后遭到放逐，最终在亚速尔群岛去世。

多过去，这意味着，有太多安哥拉的过去等待发现和虚构。"和平得到认可的多年后，即使这种和平不像您所希望的那样稳固，是否有时间回到过去，谈论这样一个出生在16世纪的人物？

阿瓜卢萨：我写这本书的同时，米亚也在写恩昆昆哈内。而且在安哥拉，出品了一部关于任加女王的电影。也许在非洲有一个共同的需求。尝试从一种非洲的视角来重新发现过去。我们通常带有一种欧洲的视角，或是一种有点极端的民族主义视角，它同样是虚假的。这本书回应了非洲大陆上一种共同的不安（不仅仅是葡萄牙语非洲）。

为什么任加女王吸引了您的关注？

阿瓜卢萨：因为她是一个能够颠覆所有规则和自身传统的女人，能够建立一个属于她自己的世界。她能够以自己的形象创造出一个世界。

有点像你们通过写作实现的：创造一个世界。

阿瓜卢萨：的确，只是她放在土地上，而我们放在纸上。我胆小一点。

您为什么对恩昆昆哈内感兴趣？

米亚：因为他所不是的那些东西。他被两种话语摧毁了。一部分葡萄牙人对这个人物进行了虚构，想让他变得比原本更大。当时需要一个强大的敌人来放大战胜的功绩。而解放阵线,即莫桑比克政府,则需要在他身上树立起一个民族英雄的形象。这个人物被神秘化了。我所寻找的是遗留在这两种虚构之间的那个人。

阿瓜卢萨:我喜欢这个观点。(遗留下来的人。)

米亚:还是关于我们写历史小说时的巧合:这种对过去的渴求来自未来的缺失。若泽的《热带巴洛克》说的是,我们想要另外一个未来。描绘未来的需求迫使我们从头再来,重新创造一个不一样的时代,它的存在不是由他人告诉我们的。有些人企图强加给我们一种单一的过去。

一种对历史的单一观点?

米亚:就好像过去只是一件很简单的事,是单一且唯一的。然而过去是各种各样的。

阿瓜卢萨:似乎过去从来不会消逝。研究任加女王所处的时代时,能感受到那些历史都和当下很像,这是一件很有趣的事……发生冲突的方式,建立起来的联盟……以及与人们有关的一切。有时,我们会忘记他们也是人。

因为我们只把这些当作神话。

阿瓜卢萨:没错。他们是嵌入了极其复杂的历史进程的人。当我们把独立时代和任加女王的时代相比较,会发现二者的情况非常类似。独立时代是重新绘制国界的时代,任加女王的时代也在做同样的事，而且在创建一个国家，或者说很多国家，因为安哥拉正在建设中，巴西正在建设中，葡萄牙也在某种形式上的建设中。这些人就是人。他们找寻的东西和我们今天在找寻的东西是一样的。

是什么？幸福、爱、荣耀？

阿瓜卢萨：真正重要的就是这一切，这些基本的、简单的事物。我们谈了许多关于恐惧的话题：他们想要丢掉恐惧。

您在这段不停的旅程中寻求什么？

阿瓜卢萨：理解。理解他人，以此来了解我在这里所做的事。都是陈词滥调，但事实就是如此。伴随着成长，我们会意识到他人就是我们自己。并没有什么他人。我越来越被蚂蚁所吸引（回到生物学）。有一种观点认为蚂蚁的巢穴也是动物。蚂蚁是这只动物的细胞，连自主细胞都不是，因为它们不能离开太远，不能独自存活。也许我们离这些并不遥远。也许我们是一只单一的动物。

米亚：你接下来的专业就是生物学，看着吧。

阿瓜卢萨：人类是一个单一的实体。古往今来，我们一直都是如此。是同样的动物，同样的存在。所以冲突是很荒谬的。我们就是在和自己战斗。内战就是我们自己之间的战争，和我们的人体系统战斗。

就像是一种癌症，从我们身上诞生，又杀死了我们。

阿瓜卢萨：是的。

米亚：为什么我们不再把他人看作自己的一部分？因为我们学会了过多地关注自己。我们需要学会一种消除自己的方法。本质上，作家是一个倾听者。他懂得倾听他人，最后慢慢地意识到，站在那里（说话）的就是他自己。但是必须从外部开始。

我们现在进行到结尾了，我在问自己，如果我是一个男人，这次采访会不会变得不同。我们会不会更多地谈到非洲的冲突？

阿瓜卢萨：可能会。也可能我们根本不知道怎么回答！

米亚：也许，我们也希望能表现得幽默一点，因为您是一位女士。（两人的笑声）

这也是在询问你们是否想更多地谈谈政治和战争。你们有批判性很强的政治观点。

阿瓜卢萨：我每天都会收到来自罗安达的消息。政权存在着，而且以一种特定的方式运行着，这一事实让我受到了冲击。当然，我会对此做出反应。

但这不是您生活的中心了，不像过去那样以政治为中心。

阿瓜卢萨：在我的生活里，它从来不是。

米亚：在我这里，它是。

阿瓜卢萨：中心是那些人。

米亚：政治是一种抵达人们身边的方式。

阿瓜卢萨：你以前是个党派激进分子，我没当过。完全不一样。我是观念上的激进分子。我不是政治运动的激进分子。作为公民，我每天都参与其中。肯定的。但是我的生活不只有这些。

您在参与的时候是否感觉到了一些限制？他们有迫害您吗？

阿瓜卢萨：我曾经在《首都报》[1]上有一个闲话专栏，现在已经没有了。有人买了那家报纸，然后我就不能继续写了。当然有限制。拉斐尔·马克斯[2]在同一家报纸上写过文章，然后也因为同样的原因（被解雇了）。被抹去了。现在我为一家网上报纸撰稿，名叫"安哥拉网络"[3]。

米亚：我十七岁的时候，想要在政党中寻求一种家庭的延伸。我放弃了医学研究，放弃了一切，投身于这项事业。我很难理解（政治）其实是别的东西。1986年的决裂给我带来了很大的伤害。与此同时，这也是一次巨大的解放。当我

1　1968年至2005年间曾在里斯本发行的晚报。
2　安哥拉记者、政治活动家，因报道了安哥拉钻石产业和政府的腐败而闻名。
3　一家独立的安哥拉网上报纸平台。

从激进的政治中离开时,他们还想为我支付学费。幸好我没有接受。我不想背上债务。

你们是彼此最好的朋友吗?就像兄弟一样?

米亚:如果我们处在一个紧张的时刻,看见一个美好的事物,想到"希望他也在这里",那这个人就是一位挚友。我想到了他。我们时常为同样的事物发笑,为愚蠢发笑。我们分享作家一般不会分享的东西。对书籍的想法。没有恐惧。现在你说说为什么你是我的朋友!

阿瓜卢萨:我完全赞同你刚刚说的。米亚身上和他笔下都有一种快乐……也有一种忧郁。一种优雅的悲伤。

米亚:他做了一件让我非常羡慕的事:一首假装不是诗歌的诗歌。有一部诗歌作品他没放到阳台上来(和读者见面)。你给我多少钱让我说这些?

尾注

构成本书的三部中篇小说是根据我们在不同时期共同创作的剧本片段改编的。第一个故事,《高雅的恐怖分子》,是在里斯本巴拉卡剧团的委托下创作的。后面的两部作品,《杀手街上降下爱情之雨》和《黑匣子》,是回应了葡萄牙通德拉的特里戈·林波-ACERT 剧院的邀请。

我们在写作《杀手街上降下爱情之雨》和《黑匣子》时交换了信息,从不同的城市出发,互相完善了彼此的文章。《高雅的恐怖分子》几乎完全是在莫桑比克的博阿内写的,在一个巨大的花园里,在茅草棚投下的阴影中。我们在那里度过了很多天,坐在同一张桌子上,每个人面前放着一部电脑。我们大笑,开玩笑,打赌说文学创作肯定不总是带着深深孤独感的行为。

若泽·爱德华多·阿瓜卢萨和米亚·科托
2019 年